欣梦享
ENJOY LIVING

U0911190

终不似，少年游

夏虫意难平 —— 著

江苏凤凰文艺出版社
JIANGSU PHOENIX LITERATURE AND ART PUBLISHING

图书在版编目（CIP）数据
终不似，少年游 / 夏虫意难平著．-- 南京 : 江苏凤凰文艺出版社，2024．10．-- ISBN 978-7-5594-8962-3
Ⅰ．I267
中国国家版本馆 CIP 数据核字第 2024EM5955 号

终不似，少年游

夏虫意难平 著

责任编辑	王昕宁
特约编辑	孙一民
装帧设计	康海韵
责任印制	杨　丹
特约监制	杨　琴
出版发行	江苏凤凰文艺出版社
	南京市中央路 165 号，邮编：210009
网　　址	http://www.jswenyi.com
印　　刷	文畅阁印刷有限公司
开　　本	880 毫米 ×1230 毫米 1/32
印　　张	7
字　　数	127 千字
版　　次	2024 年 10 月第 1 版
印　　次	2024 年 10 月第 1 次印刷
书　　号	ISBN 978-7-5594-8962-3
定　　价	55.00 元

目录

写在最开始的话

写完这本书的最后一篇文章，搁笔时，我的心里忽然有种奇怪的感觉，像是和曾经的自己做了一场正式的告别，因为书里记载了很多后知后觉的情绪。

当下有个极具热度的话题是——年少时射出的子弹，在多年后正中眉心。随着年龄的增长，我对这句话的体会也愈发深刻。有时候想想，人生就像蒸馒头，是需要发酵的，或者说，成长是具有延时性的，你需要很长的时间去参悟曾经的某个瞬间。

所以我很想留下些什么，来纪念无数个那样的瞬间，便有了这本书。书里选取的是给我留下深刻印象的语文课文，经过时间的沉淀，再来解读。不过，一千个读者心中有一千个哈姆雷特，我不能确定是否为各位读者解决了心中所感，但我觉得，语文不该有阅读理解这类题目。感情是件无比复杂的事情，任谁也无法一言以蔽之，幸运的是，感受不需要言语。

我在写作的过程中发现，其实，有几篇课文的印象，已经非常淡了，甚至怀疑自己是否真的学过，不过，写着写着，回忆就涌现出来。我想：我的人生是不是因为曾经的不在意而错过了许多？不过再转念就想通了，当下的自己也正在错过很多，一颗心就那么大，盛不下太多东西，便释然了。

关于书的名字，我想了很多，却总觉得每个都差点意境。然而，名字这种东西，不一定非要有充足的意义才行，阿猫阿狗也算名字，听着顺耳就好。当然，不顺耳也无所谓，因为总有被遗忘的一天。就好比你偶然回忆起一位故人，开口说的却是："你还记得吗，那个谁……叫什么来着？"你心里还记得那个人，却忘了名字，甚至脑海里连他的样子也模糊了，这算可悲吗？我觉得不算，起码心里还有一个位置、某个角落是留给那个被你遗忘的人的。这也是件很难得的事情。

所以我从不奢望被谁深刻怀念，或是牢牢记住，短暂交错已属罕见的缘分，实在没必要因为罕见就强迫自己去珍惜。人与人，包括人与物都是如此，既要随缘，最好也随性一些，谁也说不清是正缘，还是孽缘。

我想，我们匆匆相遇，短暂交错，任性告别，也许会有重逢的一天，也许自此天各一方。不过，我衷心地祝福你，我的朋友，愿你从此旅程坦荡，衣襟带花，在未来的年岁里，在前行的征途中，肆意穿行，能摘得自己的月亮和风月。

《匆匆》

时光留给我们的，
是平凡也是伟大

“在逃去如飞的日子里，
请珍惜当下。”

我们的日子为什么一去不复返呢?

如果人的一生按 100 岁来计算，那么约在 36500 天，87.6 万小时后，我们都会死去。值得欣慰的是，在“热力学第一定律”下，我们只是死去。

“热力学第一定律”告诉我们，宇宙不能凭空产生能量，也不会湮灭能量，而你我，终将复返。

当我们不再以生命的形式存在,会变成二氧化碳和氧化物，那时，每束阳光中的光子，每阵晚风中的气体分子，每个脉冲波中的粒子，都是我们。

你我会变作交错的星光，变作纠缠的气旋，变作相邻的两粒尘埃，不再分开。

生命是匆匆的，本质却是永恒，与时间共存。而这匆匆的生命中，最重要的是什么呢?

三岁那年，我紧握着手中的棒棒糖，坚定地认为那最重要。

五岁那年，我花了整整一个下午，逮住那只蜻蜓，那一刻，它好像是最重要的。

七岁那年，我看着同桌手中的奖状，带着羡慕和一点点嫉妒，觉得那也许是最重要的。

九岁那年，我仰躺在树荫下，阳光斑驳地洒在脸上，一个悠闲的暑假于我而言是如此重要。

十三岁那年，我意识到，重点高中的录取通知书对我的人生很重要。

十六岁那年，我坐在微风穿堂而过的教室里，盯着前排姑娘的马尾出了神，忽然觉得时光停留在这一刻也不错。

十八岁那年，我日夜苦读，求神拜佛，只为一张大学录取通知书。

二十二岁那年，我告别校园，懵懂地踏进所谓的社会，一份工作又成了最重要的。

二十四岁那年，我和狐朋狗友推杯换盏，高谈阔论，不谙世事的年纪，只觉得面子最重要。

二十五岁那年，迎来了我的婚礼。我看着满堂宾客和我的新娘——她当然不是我十六岁时爱慕的那个姑娘，心中只觉得有些遗憾，不过那一刻，我的新娘就成了我最重要的人。

二十六岁那年，我焦急地等在产房门口，啼哭声打破了宁静。我知道，更重要的来了。

三十三岁那年，被房贷和车贷搞得焦头烂额的我觉得，钱可太重要了。

三十八岁那年，一生强硬的爸爸开始征求我的意见，那一刻我猛然意识到，他终于是老了。

还是三十八岁那年，妈妈没有再训斥过我，而是不厌其烦地念叨，还带着点小心翼翼。我知道，她也会老的。

又是三十八岁那年，儿子不再黏着我，他有了有自己的伙伴的生活。我知道，此后的时光里，他只会不停地远离我。那年，我恍然，可能时光才是这世上最重要的吧。

四十岁那年，看着乱七八糟的体检报告，我才想起，我从来没觉得自己重要。

四十五岁那年，浑浑噩噩地度过了半生，挺着啤酒肚在工位上摸鱼的时候，我回想起年少时的梦想，从未觉得梦想如此重要。

五十岁那年，看着儿子和一个还不错的姑娘步入婚姻殿堂。我眯着眼看着台上的儿子，不知道新娘是不是他十六岁时爱上的那个姑娘，但还是觉得儿子的幸福比我的幸福更重要。

五十五岁那年，我气喘吁吁地跟在孙子后面，生怕他摔跤。那一刻，我从未给予孙子远大的希冀，他平安快乐便是最重要的。

六十岁那年，我将父母葬在一起。年纪大了，很多事也看开了许多。我没有流泪，只觉得，爸爸的责骂和母亲的絮叨在那一刻无比重要。

七十岁那年，妻子终是先走一步，儿子、儿媳事业有成，孙子在外地读大学，我只能无所事事地在大街上闲逛。莫名觉得，妻子可比那跳广场舞的老太太重要得多。

七十五岁那年，在医院里，医生让我出去，单独留下我儿子的时候，我明白，时间不多了。趁着这工夫我给孙子打了个电话。我想告诉他，你如果有在十六岁时就爱上的姑娘，可千万要把握住，就像握紧三岁那年手中的棒棒糖一样。思来想去，又觉得多少有些为老不尊，电话接通后，只说了一句“爷爷想你了，有空来看看我”。医生宽慰我问题不大，我笑着告诉医生，人生没有大问题，把日子过下去才是最重要的。

七十六岁那年，孙子回来看我了。让他看到我奄奄一息的样子，我心里多少还有点别扭，儿子、儿媳守在床边，泣不成声，我没有多余的精力思考什么是最重要的了。我只想着后事从简，儿子儿媳年纪也不小了，身体扛不住，孙子刚刚参加工作不久，也不好请假，别给领导留下坏印象。

正想着，不知从哪里吹来一阵风，迷了我的眼。再睁开眼时，我的爸爸妈妈牵着手，脸上挂着我最熟悉的笑容，他们都是年轻的模样，张开双臂示意我抱抱。我好想他们啊，所以我毫不犹豫跳下床，向他们飞奔而去。奔跑中，我变成了六十岁的样子、五十岁的样子、四十岁的样子、三十岁的样子……直到变成三岁的样子。他们终于又能抱起我了。我向他们点点头，他们也笑着点头，带着我转身离开。我回头望了一眼儿子、儿媳和孙子，他们抱着七十六岁的我，号啕大哭。虽然不舍，不过没关系，我知道他们依然可以过得很好。

所以，什么最重要的呢？什么都重要，但又不是非有不可。

因为你曾经认为最重要的，总有失去的那天，遗憾总是人生的常态。

匆匆

文 / 朱自清

燕子去了，有再来的时候；杨柳枯了，有再青的时候；桃花谢了，有再开的时候。但是，聪明的，你告诉我，我们的日子为什么一去不复返呢？——是有人偷了他们罢：那是谁？又藏在何处呢？是他们自己逃走了罢：如今又到了哪里呢？

我不知道他们给了我多少日子，但我的手确乎是渐渐空虚了。在默默里算着，八千多日子已经从我手中溜去，像针尖上一滴水滴在大海里，我的日子滴在时间的流里，没有声音，也没有影子。我不禁头涔涔而泪潸潸了。

去的尽管去了，来的尽管来着，去来的中间，又怎样地匆匆呢？早上我起来的时候，小屋里射进两三方斜斜的太阳。太阳他有脚啊，轻轻悄悄地挪移了；我也茫茫然跟着旋转。于是——洗手的时候，日子从水盆里过去；吃饭的时候，日子从饭碗里过去；默默时，便从凝然的双眼前过去；我觉察他去的匆匆了，伸出手遮挽时，他又从遮挽着的手边过去；天黑时，我躺在床上，他便伶伶俐俐地从我身上跨过，从我脚边飞去了；等我睁开眼和太阳再见，这算又溜走了一日；我掩面叹息，但是新来的日子的影儿又开始在叹息里闪过了。

在逃去如飞的日子里，在千门万户的世界里的我能做些什么呢？只有徘徊罢了，只有匆匆罢了。在八千多日的匆匆里，除徘徊外，又剩些什么呢？过去的日子如轻烟，被微风吹散了，如薄雾，被初阳蒸融了。我留着些什么痕迹呢？我何曾留着像游丝样的痕迹呢？我赤裸裸来到这世界，转眼间也将赤裸裸的回去罢？但不能平的，为什么偏要白白走这一遭啊？

你聪明的，告诉我，我们的日子为什么一去不复返呢？

选自人教版《语文》六年级（下）

《骆驼祥子》

我们拼命奔跑的一生

“乱世的热闹来自迷信，
愚人的安慰只有自欺”

(一)

“祥子一直以为努力拉车，就会拥有一辆属于自己的黄包车，而祥子到死都认为他未能过上好日子，是因为拉车不够努力。”

这是老舍写在《骆驼祥子》中的一句话。中学课文中，只节选了这部小说的片段，后来我读了整部作品。那时候年纪还小，只觉得祥子的命运太过悲惨，为文中的很多人物也生出了一丝惋惜，长大后再读，才发现，以前的自己根本就没看懂这究竟是个怎样的故事……

20 世纪 20 年代的北平，祥子为了能拥有一辆属于自己的黄包车，不分昼夜地赚钱。通过残酷的自我剥削，三年后，他的确买了一辆黄包车。不幸的是，他的车被散兵抢走了。但命运没能击垮这位硬汉，他又开始为购买一辆黄包车而透支生命，钱似乎成了他唯一的寄托。就在他马上又能有足够的钱拥有一辆新车时，却被“骗”走了全部积蓄。

不过最终，他还是如愿以偿地拥有了一辆梦寐以求的黄包车，只是获得的方式不太一样了，因为祥子娶了一个“富婆”——虎妞。祥子不喜欢虎妞，可终究没能抵挡这强悍泼辣女人的“算计”。不管怎样，祥子总算是过上了一段安稳也无奈的日子。不久后，虎妞死于难产。祥子卖了车，为亡妻和那个未出世的孩子办了一个风光的葬礼。

爱祥子的女人没了，祥子所爱之人——那个叫小福子的姑娘，也离他而去。她美丽、善良、纯洁，可以说是个能让绝大部分男性心动的角色，除了穷。穷到什么程度呢？小福子的爹将她卖给当兵的做妾室，当兵的离开时将小福子当作废品扔在租来的房子里，小福子无处可去，只能回到家里，为了赚钱养活弟弟，她只能去卖身，最后还被父亲卖到最低等的妓院。接连被抛弃的命运、听闻弟弟饿死的消息后，不堪受辱的小福子最终自缢身亡。从此，祥子再没有打拼的欲望，只是个得过且过的行尸走肉了。

故事到此就结束了，我为祥子的结局无声长叹。很多年以后，三十几岁的我在深夜加班时，揉了揉疲惫的眼睛，似乎听到一声叹息。再睁开眼，环视着只有自己的空旷的办公室，我明白，年少时候的那声叹息，其实振聋发聩，现在它穿过悠长的岁月，又回到我的身体。

小时候我是真不明白，为什么命运总这么对待祥子。我致力于分析其中原因，后来逐渐懂了，很多世间的事并没有原因，只有规律。**原来以为看的是故事，后来才发现，那根本就是自己的影子。**我甚至在很长一段时间里频繁地思考一个问题：为什么祥子的一生不被允许休息，更无从谈起享受，到底是他执着的欲望，还是那个年代在推着他一步不敢停歇？

在相当长的一段时间里，我一直认为是作者老舍赋予了祥子悲惨的命运。直到长大后，有一天我偶然从某个因开发商经营不善，导致楼盘变成烂尾楼的售楼处经过时，看见门前聚集了很多人，我听到那些人大声倾诉着各种各样的苦衷，甚至有人涕泪横流地哭诉着说，那是掏空了两代人的家底为孩子置办的房子……

在吵嚷声中，我不禁揣测那些人奔跑不休的一生。他们都是跟祥子一样的普通人，谈不上有什么大智慧，很多事情也看不通透，脑子里多是些市井的算计，肩膀满载着生活的压力，心中所求其实并不贪婪，希望靠着努力求得一套属于自己的房子，也就是家。于是，他们马不停蹄地奔走于这座城市中，每一分钱都得精打细算，终于在搭进两辈人的积蓄和自己的半条命之后，攒够了买房子的钱。本以为可以歇歇了，可没想到竟然买到了烂尾楼。

没办法，咬碎牙咽进肚子里，又踏上了漫漫攒钱路。这一次，他们会在加班结束后的深夜去做兼职，可能是送外卖，可能是代驾，总之任何能赚钱的工作都来者不拒，甚至常常幻想如果一天有四十八个小时就好了。可惜的是，赚钱的速度总也追不上房子涨价的速度，原来一套房子的钱，现在只能买得起一个卫生间了。

我继续往下想，发现我们其实远不如祥子幸运，因为祥子还有虎妞，而我们，甚至不配得到爱情。

小说中有句话是这么说的："爱是人中龙凤才给得起的东西，真正的情种只会出生于大富之家。有财力、有内涵修养，充满灵性的人，才给得起，愿意给，不算计和权衡利弊，普通人活着已经耗尽全力了……"

当初看到这句话的时候，只觉得这就是赤裸裸的歧视，简直俗不可耐。可是长大以后才逐渐明白，爱情原来真的是人生中的"奢侈品"。我们既得不到"小福子"，也不会有"虎妞"爱上自己，我们甚至都顾不上爱自己，再也没有那份闲心和余力去爱谁了。

我就这么回忆着祥子，以及他心心念念的黄包车。再抬头看看那栋烂尾楼，转头瞄一眼不幸的买主们，才发现，原来这个世界变了，好像也没变，从来不缺祥子，也遍地都是祥子得不到的黄包车。这个世界好像落入了一个无休止的循环中，所有的剧情总是以不同的形式重复上演着，区别只是套了不同的壳子。

我向来受到的教育是，如果你没有成功，那么一定是你不够努力，对此我深信不疑。长大后，经历了反反复复的磨难，难免会产生一些怀疑。这时，又有人告诉我，以你的努力程度，根本没到拼天赋和运气的时候。于是乎，我羞愧地审视自己，虽然没有找到答案，但我还是愿意再逼自己试一次，可结果仍旧不尽如人意。这时的我开始理解祥子的堕落，那是一种绝望后的麻木。祥子是真的想不通，因为自己能吃苦，所以就活该吃更多的苦吗？自己有的是力气，怎么就过不好这辈子呢？为什么每次在快要触到梦想时，命运就不失时机地击碎它呢？

（二）

大学时，我有个室友，无论做什么事情都非常认真努力，有时他自律得叫人下意识想要疏远。每天我们醒来后，他已经完成了五公里的晨跑，吃了一顿寡淡但健康的早餐。当我们揉着惺忪的睡眼挣扎着起床时，他早就收拾妥当去上课了。

他的成绩当然很好。他去图书馆的次数比宿舍其他人去过的次数加起来还要多。我们都是为了混毕业证而读书，他则是每天都在认真地吸收知识。

我发现，努力的男人会给人一种温润如玉的感觉。他习惯独来独往，颇有君子之交淡如水的气度，和我们相处时也不会令人觉得不舒服。其实，我对待他的态度是比较复杂的，既佩服，又不屑。佩服是因为我知道自己做不到，而不屑，恰恰也是同样的原因。

然而，我搞不懂他的动力到底从何而来。他的家境很好，似乎也不需要向谁证明什么，可他就是日复一日地努力着。

临近毕业，当我们还在网上东拼西凑抄论文时，他已经查阅了无数的文献，完成了独属于自己的论文。

当我们还在因为找工作长吁短叹时，他已经凭导师的推荐和历年成绩获得了一家优质企业的入职机会。

当我们沉浸在毕业即分手的悲痛时，他又一次拒绝了一个很好的姑娘。

毕业聚餐的时候，他难得放纵一次，跟我们几个室友喝酒到深夜，我也有机会道出了心中的疑问。他告诉我，自己之所以努力，并不是因为想要得到什么，只是不想失去什么。当时的我其实没有听懂，不过也没在乎。直到工作了很久以后，我才在一个瞬间想通：他深切地明白自己会拥有怎样的机会，努力不是为了争取这些机会的到来，而是为了能够在机会到来的时候，有资本将它牢牢抓住，或者果断拒绝。

毕业后的我们没有太多联系。我觉得，他跟我们不是一个世界的人，他理应走得更远，飞得更高。可惜，结果并非如此。

我收到了他的结婚请柬，便欣然前往。令我讶异的是，他比上学的时候圆润了些许，谈吐间也老成市侩了许多，再难找到当初谦谦君子的影子。我问他在何处高就，他说自己只是个庸庸碌碌的公务员，混口饭吃而已。我不知该说什么，只好祝贺他找到如意伴侣。他笑得似乎有点苦涩，说：“相亲认识的姑娘，谈不上相爱，不过倒是称得上合适。”

我好奇他为什么会变成这样，和我的预想几乎天差地别。他告诉我，没什么好奇怪的，现实能打败很多东西，努力只是其中之一。

另外一个是工作后认识的朋友。严格地说，我觉得他算不上努力，只是在吃苦。他从事销售的工作，每天穿行在大街小巷，推销着一些看起来似乎没什么用处、买了也没什么坏处的东西。因为住着父母留下的老宅，他倒没奢望买房子，只是想拥有一辆属于自己的汽车，不用很贵，十多万的车代步足矣。可是他每个月的薪水除去养家，已经所剩无几了，于是他开始做代驾、跑腿，在夜市摆地摊。当他终于攒够钱的时候，妻子告诉他，女儿要学钢琴，因为班里的同学都在学习一门特长。做父母的，即使孩子最终学无所成，也不能让孩子输在起跑线上。我不知道他当时表情如何，猜想他应该是在沉默几秒之后，重重地点了下头吧。

我们时不时地相聚一下，他一直都是骑电动车赴约，大家都很默契地没有提起过他买车的愿望，他自己也没再说过。年纪大了一点后，干不动了，他也没有再做很多的兼职，酒醉后含糊地说一句："钱啊，够吃够喝就行了。"

努力这件事，你太过在乎，就会廉价，可若太放肆，又会遭到反噬。

我也不明白为何会这样，可能这个世界上最大的错觉就是——我觉得我们都一样。但是实际上并不是这样的。虽然条条大路通罗马，但有些人出生就在罗马，有些人终其一生都到不了罗马。

骆驼祥子

文 / 老舍

我们所要介绍的是祥子，不是骆驼，因为“骆驼”只是个外号；那么，我们就先说祥子，随手儿把骆驼与祥子那点儿关系说过去，也就算了。

北平的洋车夫有许多派：年轻力壮，腿脚灵利的，讲究赁漂亮的车，拉“整天儿”，爱什么时候出车与收车都有自由；拉出车来，在固定的“车口”或宅门一放，专等坐快车的主儿；弄好了，也许一下子弄个一块两块的；碰巧了，也许白耗一天，连“车份儿”也没着落，但也不在乎。这一派哥儿们的希望大概有两个：或是拉包车；或是自己买上辆车，有了自己的车，再去拉包月或散座就没大关系了，反正车是自己的。

比这一派岁数稍大的，或因身体的关系而跑得稍差点儿劲的，或因家庭的关系而不敢白耗一天的，大概就多数的拉八成新的车；人与车都有相当的漂亮，所以在要价儿的时候也还能保持住相当的尊严。这派的车夫，也许拉“整天儿”，也许拉“半天儿”。在后者的情形下，因为还有相当的精气神，所以无论冬天夏天总是“拉晚儿”。夜间，当然比白天需要更多的留神与本事；钱自然也多挣一些。

年纪在四十以上，二十以下的，恐怕就不易在前两派里有个地位了。他们的车破，又不敢“拉晚儿”，所以只能早早地出车，希望能从清晨转到午后三四点钟，拉出“车份儿”和自己的嚼谷。他们的车破，跑得慢，所以得多走路，少要钱。到瓜市，果市，菜市，去拉货物，都是他们；钱少，可是无须快跑呢。

在这里，二十岁以下的——有的从十一二岁就干这行儿——很少能到二十岁以后改变成漂亮的车夫的，因为在幼年受了伤，很难健壮起来。他们也许拉一辈子洋车，而一辈子连拉车也没出过风头。那四十以上的人，有的是已拉了十年八年的车，筋肉的衰损使他们甘居人后，他们渐渐知道早晚是一个跟头会死在马路上。他们的拉车姿势，讲价时的随机应变，走路的抄近绕远，都足以使他们想起过去的光荣，而用鼻翅儿扇着那些后起之辈。可是这点儿光荣丝毫不能减少将来的黑暗，他们自己也因此在擦着汗的时节常常微叹。不过，以他们比较另一些四十上下岁的车夫，他们还似乎没有苦到了家。这一些是以前绝没想到自己能与洋车发生关系，而到了生和死的界限已经不甚分明，才抄起车把来的。被撤差的巡警或校役，把本钱吃光的小贩，或是失业的工匠，到了卖无可卖，当无可当的时候，咬着牙，含着泪，上了这条到死亡之路。这些人，生命最鲜壮的时期已经卖掉，现在再把窝窝头变成的血汗滴在马路上。没有力气，没有经验，没有朋友，就是在同行的当中也得不到好气儿。他们拉最破的车,皮带不定一天泄多少次气；一边拉着人还得一边央求人家原谅，虽然十五个大铜子儿已经算是甜买卖。

此外，因环境与知识的特异，又使一部分车夫另成派别。生于西苑海甸的自然以走西山，燕京，清华，较比方便；同样，在安定门外的走清河，北苑；在永定门外的走南苑……这是跑长趟的，不愿拉零座；因为拉一趟便是一趟，不屑于三五个铜子的穷凑了。可是他们还不如东交民巷的车夫的气儿长，这些专拉洋买卖的讲究一气儿由东交民巷拉到玉泉山，颐和园或西山。气儿长也还算小事，一般车夫万不能争这项生意的原因，大半还是因为这些吃洋饭的有点儿与众不同的知识，他们会说外国话。英国兵，法国兵，所说的万寿山，雍和宫，“八大胡同”，他们都晓得。他们自己有一套外国话，不传授给别人。他们的跑法也特别，四六步儿不快不慢，低着头，目不旁视的，贴着马路边儿走，带出与世无争，而自有专长的神气。因为拉着洋人，他们可以不穿号坎，而一律的是长袖小白褂，白的或黑的裤子，裤筒特别肥，脚腕上系着细带；脚上是宽双脸千层底青布鞋；干净，利落，神气。一见这样的服装，别的车夫不会再过来争座与赛车，他们似乎是属于另一行业的。

有了这点儿简单的分析，我们再说祥子的地位，就像说——我们希望——一盘机器上的某种钉子那么准确了。祥子，在与“骆驼”这个外号发生关系以前，是个较比有自由的洋车夫，这就是说，他是属于年轻力壮，而且自己有车的那一类：自己的车，自己的生活，都在自己手里，高等车夫。

这可绝不是件容易的事。一年，两年，至少有三四年；一滴汗，两滴汗，不知道多少万滴汗，才挣出那辆车。从风里雨里的咬牙，从饭里茶里的自苦，才赚出那辆车，那辆车是他的一切挣扎与困苦的总结果与报酬，像身经百战的武士的一颗徽章。在他赁人家的车的时候，他从早到晚，由东到西，由南到北，像被人家抽着转的陀螺；他没有自己。可是在这种旋转之中，他的眼并没有花，心并没有乱，他老想着远远的一辆车，可以使他自由，独立，像自己的手脚的那么一辆车。有了自己的车，他可以不再受拴车的人们的气，也无须敷衍别人，有自己的力气与洋车，睁开眼就可以有饭吃。

他不怕吃苦，也没有一般洋车夫的可以原谅而不便效法的恶习，他的聪明和努力都足以使他的志愿成为事实。假若他的环境好一些，或多受着点儿教育，他一定不会落在“胶皮团”里，而且无论是干什么，他总不会辜负了他的机会。不幸，他必须拉洋车；好，在这个营生里他也证明出他的能力与聪明。他仿佛就是在地狱里也能做个好鬼似的。生长在乡间，失去了父母与几亩薄田，十八岁的时候便跑到城里来。带着乡间小伙子的足壮与诚实，凡是以卖力气就能吃饭的事他几乎全做过了。可是，不久他就看出来，拉车是件更容易挣钱的事；做别的苦工，收入是有限的；拉车多着一些变化与机会，不知道在什么时候与地点就会遇到一些多于所希望的报酬。自然，他也晓得这样的机遇不完全出于偶然，而必须人与车都得漂亮精神，有货可卖才能遇到识货的人。想了一想，他相信自己有那个资格：他有力气，年纪正轻；所差的是他还没有跑过，与不敢一上手就拉漂亮的车。但这不是不能胜过的困难，有他的身体与力气做基础，他只要试验个十天半月的，就一定能跑得有个样子，然后去赁辆新车，说不定很快地就能拉上包车，然后省吃俭用一年两年，即使是三四年，他必能自己打上一辆车，顶漂亮的车！看着自己的青年的肌肉，他以为这只是时间的问题，这是必能达到的一个志愿与目的，绝不是梦想！

选自人教版《语文》七年级（下）

《故乡》

亲爱的，

你找到曾经的自己了吗？

“君且信步登天路，
莫惜玩泥孩童时。”

(一)

一个黄昏，我走在路上，迎面是并肩而行的两个小朋友。他们穿着垮塌的校服，却让人觉得无比鲜活。他们分享一瓶可乐，大笑着争抢，喝上一口，然后推让。与我错身而过的瞬间，余晖洒上稚嫩的脸。我知道，少年不会再回来，就像被风吹散的那个薄暮，和青春一起，一去不返。

那一刻，脑海里猛然想起鲁迅笔下闰土的故事，儿时的好友，是什么时候渐行渐远的呢？什么时候闰土哥你对我的称呼，变为了“老爷”？

“闰土哥，还记得那些角鸡、跳鱼儿、贝壳，还有猹吗？”

“拖家带口的，早就忘了，老爷……”

想到这里，心底有一瞬的恍惚，我以为只该记得文中那句：“其实地上本没有路，走的人多了，便也成了路”，这么看来也不尽然，最触动心弦的，往往是过往的那些不经意，而且没人知道这不经意会何时再蹦出来。谈不上让人崩溃，说刺痛似乎也有些牵强，但会让你的心猛地紧一下。

我记得课堂上老师讲，这篇《故乡》的中心思想是痛斥帝国主义、封建主义对人民的压迫云云。那个年纪的我，还不懂什么是“代入感”，也不明白为什么闰土分明地叫出“老爷”的那一刻，如何就有了一层可悲的厚障壁。

很多事情，或者人，出现在生命中的时候，唯一的意义不过是种下一颗种子，等待拥有相应阅历的时候，种子破土而出，我们如饮醍醐。

当迅哥儿回到阔别已久的故乡，他很想念记忆中那位儿时神通广大的伙伴，以为隔着岁月的长河，依旧能遥遥望见那个会刺猹、捕鸟、捡贝壳的闰土，可二十余年后，当二人再次相对的时候，闰土那一声“老爷”，让鲁迅所有的翘首变成了无尽的悲凉。

其实，闰土又何尝不是呢？我猜他也很想念那个生活在高墙里的迅哥儿，那个不懂猹是什么，不知道捕鸟要等雪天之后，不知道五彩贝壳和跳鱼儿的小少爷。可是生活给了他太多的折磨，二十年光阴把他变成了另一副模样。所以当他再面对迅哥儿的时候，他已经是一个“明世事，守规矩”的落魄中年男人。他拿不准眼前的玩伴是否还是原来的样子，可他确定的是，灰头土脸的自己不应再与面前的人称兄道弟，因此，他只能小心翼翼地叫一声“老爷”，心里满是无奈，还要酸楚地加上一句：“那时是孩子，不懂事……”

小时候，我们总渴望长大，可长大究竟是什么呢？**可能当友情变成交情，朋友变成资源的时候，我们就都长大了吧**。

每个人的青春都有那么多遗憾，就像一件千疮百孔的旧衣服，我们用余生缝缝补补，可总有风在某一刻透进来。也许刺骨，也许和煦，它会迷住眼睛，让你再看一看时光的影子。

都说人无法同时拥有青春和对青春的感受，听起来真是一件令人难过的事情，可这世上本就有很多事是需要回望才能看懂的，随之而来的便是追悔、无奈，以及哭笑不得。

我上学的时候，校门口有一个卖炸串的小摊子。读书的年纪，哪有大把的零花钱可以挥霍呢？所以每次我都只能买一点点聊慰馋意。我想，以后长大了，一定要狠狠地吃个够。

其实，仔细回忆一下，少年的每个愿望都不是空穴来风的，虽然热烈又真切，却很容易飘散在人生的某个阶段，但谁也说不准会在何时聚拢，敲响你的心门。很多年后的某一天，我去学校接孩子放学，孩子指着一家卖炸串的摊位，嚷嚷着要买，我淡淡地说一句："都是些淀粉，有什么好吃的……"

孩子疑惑极了，问我："爸爸你为什么不爱吃呢？你看大家都很喜欢。"

我愣住了，回忆如洪水般涌现。我盯着那个摊子，已经围上了一群孩子，穿着让人羡慕的校服。男孩子的小平头在微风中露出刚刚运动完的水汽，小姑娘的马尾在夕阳下一蹦一跳。他们伸着手争相递上手中的零钱，我能看到的最大面值也不过是五元。

那一刻，我想起年少时的豪言。当我有能力实现儿时愿望时，却全然没了当年的欲望。有人觉得这是遗憾，有人告诉我这就是长大，我觉得都有道理，可能两者本就是一回事吧。

于是，我带着孩子走向小摊，去实现多年前那个少年的愿望。

是啊，灵魂和岁月永不会适配，我无法在十八岁的年纪揣测三十岁的自己，在三十岁的时候却跳不脱十八岁那年的牢笼，甚至来不及感受，时光就匆匆闪过了，我们像被一只无形的大手推着，读书、考试、升学，被社会逼着找工作，被父母催着结婚生了……

一路走来，时光束缚着我们，就这么浑浑噩噩地度过。我顾不上观赏日月星辰，也遇不到山川湖海，实际上，我甚至找不到自己。

（二）

之前看到过一个问题，真正的成熟是怎样的？

我想大概是这样的吧。

关于奋斗

老蒋，从一个公认的晚熟少年，终于变成了风尘仆仆的油腻中年。

他曾说，“北上广深”才是我的归宿，那里一定有一套属于我的房子。

聚会上他告诉我们，明年的聚会可能来不了了，他爸妈出了钱，在老家付了房子的首付，他要回家，因为他要结婚了。

我们取笑他，晚熟、晚婚，晚育，人生这段旅程，真是一步赶不上，步步赶不上。

他一口闷了杯中酒，脸涨得通红，说：“曾经，我以为世界是属于我的，现在看，我甚至不属于这个世界，这个世界知道你姓什么啊？”

豪情万丈的少年，生活给予他洗礼，他还以妥协。

今年的聚会是他第一次没有提起他“北上广深”的房子，没人取笑他，所有人都沉默下来，我们举杯为他送行，杯子碰在一起，是梦碎的声音。

关于爱情

老陈，每年聚会他最积极，所有人都知道原因，又全部心照不宣——他渴望再见见那个姑娘。

老陈的姑娘叫小陈，当初他俩可谓一双璧人，羡煞我等。

老陈告诉小陈：“我会努力给你幸福。”

小陈告诉老陈：“你不用为我玩命赚钱，因为有你就是幸福。”

老陈说：“我不想让你委屈。”

小陈说：“你陪着我我就不委屈。”

真遗憾啊，故事难免落个俗套，两个人终究没走到一起。个中缘由很难说清，他们都还爱着，可总有力量让他们爱而不得。

小陈没参加过聚会，她已为人母，脱不开身。老陈每年参加聚会，我猜是想看看小陈过得好不好。

老陈总觉得这世界太大，他从未在这座城市偶遇过她。

老陈多喝了两杯，感慨地说青春已经过去那么久了，怎么青春里的人迟迟不退场呢？他眼睛里残留的光，不知因回忆而起，还是泛起的泪。

无论是什么，我知道，老陈已经没有了执念，只剩下安静的祝福。

关于遗憾

小陈，就是老陈的那个姑娘，我们偶尔联系，从未提起老陈，那是她伤口上的盐。

哦，不对，提起过一次。谈话中，小陈的语气少了老陈那份凝重的遗憾，多了一份无奈的洒脱。

小陈说："我一开始是有怨恨的，可现在半点也没有了。我理解他，我尽力了，他也尽力了，我太了解他了，他放弃并不是不爱了。所以直到今天我依然心疼他，因为这会成为他这辈子挥之不去的折磨……"

话没说完，小陈的儿子跑来找妈妈。孩子走路还不稳，摔了一跤。其实，摔得一点也不重，可小陈心疼得流下了眼泪。

关于理想

老刘，标准的文艺青年，开口托尔斯泰，闭口维根特斯坦，愤世嫉俗，眼高手低。他的逻辑思维清奇，你喜欢我的文字理所当然，你不喜欢，便是有眼无珠。

聚会上有人问，大作家，又有几部大作面世？

他局促地摸摸稀疏的头发，嘿嘿一笑：“发到网上免费看都没人稀罕，谈什么面世？”说完，又自嘲一句：“他人笑我太疯癫，我笑他人……”话刚出口，立马觉得尴尬，干掉杯中酒以掩饰。

其实我挺喜欢他的文字，可我知道他再也写不出来了，他少了最重要的那股子灵气。

关于成功

老赵来得最晚，说是有笔重要的生意刚谈完，一进来就连连抱歉，说今晚他做东，费用全包。看着珠光宝气的老赵，没人把他跟当初那个宁愿饿上两天也不好意思开口蹭饭的穷小子联系到一起。

关于友情

老吴说明天有个重要的会要开，市里的主要领导都在，今晚还要听秘书汇报材料，不得不先走一步。临走时，他留下五百块钱，说自己职位敏感，不好让别人请客。老赵看着他离去的背影，有些茫然，有些复杂。饶是纵横商场多年的他，也想不通这个睡在上铺的兄弟，那大大咧咧的劲头去了哪里？

所以仔细想想，每个人都得到了一些东西，又失去了一些东西，得失之间由不得你，却又都是你自己的选择，可能这就是成熟吧。

故乡

文 / 鲁迅

我冒了严寒，回到相隔两千余里，别了二十余年的故乡去。

时候既然是深冬；渐近故乡时，天气又阴晦了，冷风吹进船舱中，呜呜的响，从篷隙向外一望，苍黄的天底下，远近横着几个萧索的荒村，没有一些活气。我的心禁不住悲凉起来了。

阿！这不是我二十年来时时记得的故乡？

我所记得的故乡全不如此。我的故乡好得多了。但要我记起他的美丽，说出他的佳处来，却又没有影像，没有言辞了。仿佛也就如此。于是我自己解释说：故乡本也如此，——虽然没有进步，也未必有如我所感的悲凉，这只是我自己心情的改变罢了，因为我这次回乡，本没有什么好心绪。

我这次是专为了别他而来的。我们多年聚族而居的老屋，已经公同卖给别姓了，交屋的期限，只在本年，所以必须赶在正月以前，永别了熟识的老屋，而且远离了熟识的故乡，搬家到我在谋食的异地去。

第二日清早我到了我家的门口了。瓦楞上许多枯草的断茎当风抖着，正在说明这老屋难免易主的原因。几房的本家大约已经搬走了，所以很寂静。我到了自家的房外，我的母亲早已迎着出来了，接着便飞出了八岁的侄儿宏儿。

我的母亲很高兴，但也藏着许多凄凉的神情，教我坐下，我的母亲很高兴，但也藏着许多凄凉的神情，教我坐下，歇息，喝茶，且不谈搬家的事。宏儿没有见过我，远远的对面站着只是看。

但我们终于谈到搬家的事。我说外间的寓所已经租定了，又买了几件家具，此外须将家里所有的木器卖去，再去增添。母亲也说好，而且行李也略已齐集，木器不便搬运的，也小半卖去了，只是收不起钱来。

“你休息一两天，去拜望亲戚本家一回，我们便可以走了。”母亲说。

“是的。”

“还有闰土，他每到我家来时，总问起你，很想见你一回面。我已经将你到家的大约日期通知他，他也许就要来了。”

这时候，我的脑里忽然闪出一幅神异的图画来：深蓝的天空中挂着一轮金黄的圆月，下面是海边的沙地，都种着一望无际的碧绿的西瓜，其间有一个十一二岁的少年，项带银圈，手捏一柄钢叉，向一匹猹尽力的刺去，那猹却将身一扭，反从他的胯下逃走了。

这少年便是闰土。我认识他时，也不过十多岁，离现在将有三十年了；那时我的父亲还在世，家景也好，我正是一个少爷。那一年，我家是一件大祭祀的值年。这祭祀，说是三十多年才能轮到一回，所以很郑重；正月里供祖像，供品很多，祭器很讲究，拜的人也很多，祭器也很要防偷去。我家只有一个忙月（我们这里给人做工的分三种：整年给一定人家做工的叫长年；按日给人做工的叫短工；自己也种地，只在过年过节以及收租时候来给一定的人家做工的称忙月），忙不过来，他便对父亲说，可以叫他的儿子闰土来管祭器的。

我的父亲允许了；我也很高兴，因为我早听到闰土这名字，而且知道他和我仿佛年纪，闰月生的，五行缺土，所以他的父亲叫他闰土。他是能装弶捉小鸟雀的。

我于是日日盼望新年，新年到，闰土也就到了。好容易到了年末，有一日，母亲告诉我，闰土来了，我便飞跑的去看。他正在厨房里，紫色的圆脸，头戴一顶小毡帽，颈上套一个明晃晃的银项圈，这可见他的父亲十分爱他，怕他死去，所以在神佛面前许下愿心，用圈子将他套住了。他见人很怕羞，只是不怕我，没有旁人的时候，便和我说话，于是不到半日，我们便熟识了。

我们那时候不知道谈些什么，只记得闰土很高兴，说是上城之后，见了许多没有见过的东西。

第二日，我便要他捕鸟。他说：

“这不能。须大雪下了才好。我们沙地上，下了雪，我扫出一块空地来，用短棒支起一个大竹匾，撒下秕谷，看鸟雀来吃时，我远远地将缚在棒上的绳子只一拉，那鸟雀就罩在竹匾下了。什么都有：稻鸡，角鸡，鹁鸪，蓝背……”

我于是又很盼望下雪。

闰土又对我说：

“现在太冷，你夏天到我们这里来。我们日里到海边检贝壳去，红的绿的都有，鬼见怕也有，观音手也有。晚上我和爹管西瓜去，你也去。”

“管贼么？”

“不是。走路的人口渴了摘一个瓜吃，我们这里是不算偷的。要管的是獾猪，刺猬，猹。月亮地下，你听，啦啦的响了，猹在咬瓜了。你便捏了胡叉，轻轻地走去……”

我那时并不知道这所谓猹的是怎么一件东西—便是现在也没有知道只是无端的觉得状如小狗而很凶猛。

“他不咬人么？”

“有胡叉呢。走到了，看见猹了，你便刺。这畜生很伶俐，倒向你奔来，反从胯下窜了。他的皮毛是油一般的滑……”

我素不知道天下有这许多新鲜事：海边有如许五色的贝壳；

西瓜有这样危险的经历，我先前单知道他在水果店里出卖罢了。

“我们沙地里，潮汛要来的时候，就有许多跳鱼儿只是跳，都有青蛙似的两个脚……”

阿！闰土的心里有无穷无尽的希奇的事，都是我往常的朋友所不知道的。他们不知道一些事，闰土在海边时，他们都和我一样只看见院子里高墙上的四角的天空。

可惜正月过去了，闰土须回家里去，我急得大哭，他也躲到厨房里，哭着不肯出门，但终于被他父亲带走了。他后来还托他的父亲带给我一包贝壳和几支很好看的鸟毛，我也曾送他一两次东西，但从此没有再见面。

现在我的母亲提起了他，我这儿时的记忆，忽而全都闪电似的苏生过来，似乎看到了我的美丽的故乡了。我应声说：

“这好极！他，—怎样？……”

“他？……他景况也很不如意……”母亲说着，便向房外看，“这些人又来了。说是买木器，顺手也就随便拿走的，我得去看看。”

母亲站起身，出去了。门外有几个女人的声音。我便招宏儿走近面前，和他闲话：问他可会写字，可愿意出门。

“我们坐火车去么？”

“我们坐火车去。”

“船呢？”

“先坐船，……”

“哈！这模样了！胡子这么长了！”一种尖利的怪声突然大叫起来。

我吃了一吓，赶忙抬起头，却见一个凸颧骨，薄嘴唇，五十岁上下的女人站在我面前，两手搭在髀间，没有系裙，张着两脚，正像一个画图仪器里细脚伶仃的圆规。

我愕然了。

“不认识了么？我还抱过你咧！”

我愈加愕然了。幸而我的母亲也就进来，从旁说：“他多年出门，统忘却了。你该记得罢，”便向着我说，“这是斜对门的杨二嫂，……开豆腐店的。”

哦，我记得了。我孩子时候，在斜对门的豆腐店里确乎终日坐着一个杨二嫂，人都叫伊“豆腐西施”。但是擦着白粉，颧骨没有这么高，嘴唇也没有这么薄，而且终日坐着，我也从没有见过这圆规式的姿势。那时人说：因为伊，这豆腐店的买卖非常好。但这大约因为年龄的关系，我却并未蒙着一毫感化，所以竟完全忘却了。然而圆规很不平，显出鄙夷的神色，仿佛嗤笑法国人不知道拿破仑，美国人不知道华盛顿似的，冷笑说：

“忘了？这真是贵人眼高……”

“那有这事……我……”我惶恐着，站起来说。

“那么，我对你说。迅哥儿，你阔了，搬动又笨重，你还要什么这些破烂木器，让我拿去罢。我们小户人家，用得着。”

“我并没有阔哩。我须卖了这些，再去……”

“阿呀呀，你放了道台了，还说不阔？你现在有三房姨太太；出门便是八抬的大轿，还说不阔？吓，什么都瞒不过我。”

我知道无话可说了，便闭了口，默默的站着。

“阿呀阿呀，真是愈有钱，便愈是一毫不肯放松，愈是一毫不肯放松，便愈有钱……”圆规一面愤愤的回转身，一面絮絮的说，慢慢向外走，顺便将我母亲的一副手套塞在裤腰里，出去了。

此后又有近处的本家和亲戚来访问我。我一面应酬，偷空便收拾些行李，这样的过了三四天。一日是天气很冷的午后，我吃过午饭，坐着喝茶，觉得外面有人进来了，便回头去看。我看时，不由的非常出惊，慌忙站起身，迎着走去。

这来的便是闰土。虽然我一见便知道是闰土，但又不是我这记忆上的闰土了。他身材增加了一倍；先前的紫色的圆脸，已经变作灰黄，而且加上了很深的皱纹；眼睛也像他父亲一样，周围都肿得通红，这我知道，在海边种地的人，终日吹着海风，大抵是这样的。他头上是一顶破毡帽，身上只一件极薄的棉衣，浑身瑟索着；手里提着一个纸包和一支长烟管，那手也不是我所记得的红活圆实的手，却又粗又笨而且开裂，像是松树皮了。

我这时很兴奋，但不知道怎么说才好，只是说：

“阿！闰土哥，——你来了？……”

我接着便有许多话，想要连珠一般涌出：角鸡，跳鱼儿，贝壳，猹，……

但又总觉得被什么挡着似的，单在脑里面回旋，吐不出口外去。

他站住了，脸上现出欢喜和凄凉的神情；动着嘴唇，却没有作声。他的态度终于恭敬起来了，分明的叫道：

“老爷！……”

我似乎打了一个寒噤；我就知道，我们之间已经隔了一层可悲的厚障壁了。我也说不出话。

他回过头去说：“水生，给老爷磕头。”便拖出躲在背后的孩子来，这正是一个廿年前的闰土，只是黄瘦些，颈子上没有银圈罢了。“这是第五个孩子，没有见过世面，躲躲闪闪……”

母亲和宏儿下楼来了，他们大约也听到了声音。

“老太太。信是早收到了。我实在喜欢的了不得，知道老爷回来……”闰土说。

“阿，你怎的这样客气起来。你们先前不是哥弟称呼么？还是照旧：迅哥儿。”母亲高兴的说。

“阿呀，老太太真是……这成什么规矩。那时是孩子，不懂事……”闰土说着，又叫水生上来打拱，那孩子却害羞，紧紧的只贴在他背后。

“他就是水生？第五个？都是生人，怕生也难怪的；还是宏儿和他去走走。”母亲说。

宏儿听得这话，便来招水生，水生却松松爽爽同他一路出去了。母亲叫闰土坐，他迟疑了一回，终于就了坐，将长烟管靠在桌旁，递过纸包来，说：“冬天没有什么东西了。这一点干青豆倒是自家晒在那里的，请老爷……”

我问问他的景况。他只是摇头。

“非常难。第六个孩子也会帮忙了，却总是吃不够……又不太平……什么地方都要钱，没有定规……收成又坏。种出东西来，挑去卖，总要捐几回钱，折了本；不去卖，又只能烂掉……”

他只是摇头；脸上虽然刻着许多皱纹，却全然不动，仿佛石像一般。他大约只是觉得苦，却又形容不出，沉默了片时，便拿起烟管来默默的吸烟了。

母亲问他，知道他的家里事务忙，明天便得回去；又没有吃过午饭，便叫他自己到厨下炒饭吃去。他出去了；母亲和我都叹息他的景况：多子，饥荒，苛税，兵，匪，官，绅，都苦得他像一个木偶人了。母亲对我说，凡是不必搬走的东西，尽可以送他，可以听他自己去拣择。

下午，他拣好了几件东西：两条长桌，四个椅子，一副香炉和烛台，一杆抬秤。他又要所有的草灰（我们这里煮饭是烧稻草的，那灰，可以做沙地的肥料），待我们启程的时候，他用船来载去。

夜间，我们又谈些闲天，都是无关紧要的话；第二天早晨，他就领了水生回去了。

又过了九日，是我们启程的日期。闰土早晨便到了，水生没有同来，却只带着一个五岁的女儿管船只。我们终日很忙碌，再没有谈天的工夫。来客也不少，有送行的，有拿东西的，有送行兼拿东西的。待到傍晚我们上船的时候，这老屋里的所有破旧大小粗细东西，已经一扫而空了。

我们的船向前走，两岸的青山在黄昏中，都装成了深黛颜色，连着退向船后梢去。

宏儿和我靠着船窗，同看外面模糊的风景，他忽然问道：

"大伯！我们什么时候回来？"

"回来？你怎么还没有走就想回来了。"

"可是，水生约我到他家玩去咧……"他睁着大的黑眼睛，痴痴的想。

我和母亲也都有些惘然，于是又提起闰土来。母亲说，那豆腐西施的杨二嫂，自从我家收拾行李以来，本是每日必到的，前天伊在灰堆里，掏出十多个碗碟来，议论之后，便定说是闰土埋着的，他可以在运灰的时候，一齐搬回家里去；杨二嫂发见了这件事，自己很以为功，便拿了那狗气杀（这是我们这里养鸡的器具，木盘上面有着栅栏，内盛食料，鸡可以伸进颈子去啄，狗却不能，只能看着气死），飞也似的跑了，亏伊装着这么高底的小脚，竟跑得这样快。

老屋离我愈远了；故乡的山水也都渐渐远离了我，但我却并不感到怎样的留恋。我只觉得我四面有看不见的高墙，将我隔成孤身，使我非常气闷；那西瓜地上的银项圈的小英雄的影像，我本来十分清楚，现在却忽地模糊了，又使我非常的悲哀。

母亲和宏儿都睡着了。

我躺着，听船底潺潺的水声，知道我在走我的路。我想：我竟与闰土隔绝到这地步了，但我们的后辈还是一气，宏儿不是正在想念水生么。我希望他们不再像我，又大家隔膜起来……然而我又不愿意他们因为要一气，都如我的辛苦展转而生活，也不愿意他们都如闰土的辛苦麻木而生活，也不愿意都如别人的辛苦恣睢而生活。他们应该有新的生活，为我们所未经生活过的。

我想到希望，忽然害怕起来了。闰土要香炉和烛台的时候，我还暗地里笑他，以为他总是崇拜偶像，什么时候都不忘却。现在我所谓希望，不也是我自己手制的偶像么？只是他的愿望切近，我的愿望茫远罢了。

我在朦胧中，眼前展开一片海边碧绿的沙地来，上面深蓝的天空中挂着一轮金黄的圆月。我想：希望是本无所谓有，无所谓无的。这正如地上的路；其实地上本没有路，走的人多了，也便成了路。

一九二一年一月

选自人教版《语文》九年级（上）

《我与地坛》

我与灵魂对坐相谈

“很多年以后，我才明白，
其实《我与地坛》所写的，
并非我与地坛，
而是，我与我。”

(一)

初读《我与地坛》时，尚年少，我不懂，一个破败的古园，放眼望去，除了荒芜，还能看到什么呢？这曾是萦绕心中许久的问题。

直到后来，命运开始显露狰狞，种种变故与我狭路相逢，那时候我才发觉，眼中的一切再也不是原来的样子。

痛苦似乎放大了我的感官。我跳脱出原来的视角，不知道是这个世界开始失真，还是它呈现出原本的样子。看到行色匆匆的路人，我会想，这机械乏味的生活到底赋予了我们什么呢？我根本来不及感受什么，时间就这么悄悄地溜走了，奔波一生在此刻看来，不乏几分可笑。

在微风习习的傍晚，看到美满的一家三口，我又会泛起微笑。其中包含的情绪我自己也说不清，有羡慕，有祝福，也有自嘲。我想：这种平凡的幸福也难能可贵，而我，大概是无法拥有了。

看到泰戈尔的诗句："如果你因失去了太阳而流泪，那么你也将失去群星了。"可我却只想，既然已经因为失去太阳而流泪，那不如准备好纸巾等待月亮和群星一起消失好了。

包括我看到的每一片落叶，感受的每一阵微风，都变成了一个个问题不停地涌入我的脑海。为什么是我？为什么命运如此不公？我看着喧嚣的城市中来来往往的人群，总是不禁思索：如果当初是另外一种选择，人生又是否会有些不同？

史铁生的答案是："就命运而言，休论公道。"

苦思那些问题无果的我在一瞬间恍然，站在命运面前，探究原因毫无意义。人总是不自觉在三十岁的时候悔恨二十岁的光阴；四十岁的时候鄙视三十岁的自己；五十岁的时候回想半生，再暗骂一声"活该"，怎么就到了这步田地？

往事如烟随风，故人也都一个个消失在你的生活中，只有你困在很久前的某一天，看着不知所措的自己，迟迟不肯走出来。

其实，我们不该如此苛求以前的自己。那个时候的你，站在人生的十字路口，那份迷茫并不比如今少上半分，你也像个孩子那样无助。就算时光倒流，你做出了完全不同的选择，谁又敢说悔恨不会换上另一副样子出现呢？

关于这一点，史铁生在《务虚笔记》中写得通透："如果你站在童年的位置瞻望未来，你会说你前途未卜，你会说你前途无量；但要是你站在终点看你生命的轨迹，你看到的只有一条路，你就只能看到一条命定之路。不知道命运是什么，才知道什么是命运。"

生命最终的归宿不外乎死亡，从这个角度看，人生没有弯路，无论如何兜兜转转，每个人的终点都是一样的。正是你曾经做出的每一个选择、犯下的每一个错误，造就了现在的你。很多时候，你以为的曲折，也许避免了更多的悔恨。其实想想，这些也正是我们曾存在过的痕迹啊。

我开始理解史铁生的寂寞，或者说是孤寂。他在《我与地坛》中写："除去几座殿堂我无法进去，除去那座祭坛我不能上去而只能从各个角度张望它，地坛的每一棵树下我都去过，差不多它的每一米草地上都有过我的车轮印。无论是什么季节，什么天气，什么时间，我都在这园子里呆（待）过。"

只有寂寞的人才会如此。

就像古龙在《多情剑客无情剑》中写：

> 他不愿阿飞再想这件事，忽然抬头笑道："你看，这棵树上的梅花已开了。"

> 阿飞道："嗯。"
>
> 李寻欢道："你可知道已开了多少朵？"
>
> 阿飞道："十七朵。"
>
> 李寻欢的心沉落了下去，笑容也冻结。
>
> 因为他数过梅花。
>
> 他了解一个人在数梅花时，那是多么寂寞。

又有点像梭罗在《瓦尔登湖》中写的那样："如果我真的对云说话，你千万不要见怪，城市是一个几百万人孤独生活的地方。"

（二）

史铁生为什么会寂寞？

北岛说得恰当："一个人的行走范围，就是他的世界。"

那么，于史铁生而言，他的世界真的太小了。

也正因此，他的灵魂可以走得很远，正如他评价自己的那样：虽然我不能走远路，但有一颗辽阔的心。

有时候我会想，也许身体本就是灵魂的某种禁锢。若一个人的肉体孱弱，灵魂则愈加敏锐，情绪的感知也会被放大，这是必然的。如果你的身体也被禁锢，灵魂就会演化出无数可能。

1972 年，在延安插队的史铁生与一场暴雨不期而遇，而后高烧不退。本就患有先天性脊柱裂的他因为这场高烧而双腿瘫痪了，于是，他陷入了绝望与癫狂。他曾三次试图自杀，却未能如愿。

那年的史铁生只有二十一岁，找不到恰当的方式应对眼下的变故，他变得阴郁，无理由地暴怒，用还能活动的双手疯狂打砸。谁也说不清，他是在抱怨命运的不公，还是对懦弱的自己怒其不争。

面对双腿瘫痪的儿子，母亲从开始的手足无措到之后的默默陪伴，她甚至央求着："北海的菊花开了，我带你去看看吧。"

当史铁生终于答应去北海看花，母亲刚刚还高兴得像个孩子，却突然倒在地上，大口大口吐着鲜血。母亲去世后，史铁生追悔莫及。他写的《秋天的怀念》荣获大奖，可母亲再也看不到了。**也许，成年后的世界，遗憾长存**。

其实人这一生，大部分时间都在与苦难拉扯，真正风平浪静的日子又有几年呢？仔细思量一番，其实真的并不多。

可对史铁生来说，这场风雨未免来得猛烈了。

本该炽热的青春，忽然熄灭在一场倾盆暴雨中，浇得他冷彻心扉。他自己的形容是："活到最狂妄的年纪上，忽地就残废了双腿"。

他再也站不起来了，谁也不知道他能活多久，也许是一百岁，也许是下一秒，但无论怎样，他都站不起来了。

所以他寂寞，这寂寞如附骨之疽，挥之不去。每日与史铁生对坐相谈的，其实是他自己的灵魂。他大概每天都会问自己同样的问题，生存还是毁灭?

人在萌生这个问题的瞬间,大概是更倾向于毁灭这个答案的。

可谁又会甘心去毁灭呢？这真是个两难的问题。

究竟哪样更高贵？去忍受那狂暴的命运无情的摧残，还是挺身去反抗那无边的烦恼，把它扫一个干净?

人生不是数学题，很多问题，答案只能自己给，因为不是每个问题都有答案，也不是每个答案都一定对，或一定不对。

很显然，史铁生找到了答案，或者说，他给了自己一个回答。

一个人,出生了,这就不再是一个可以辩论的问题,而只是上帝交给他的一个事实。上帝在交给我们这个事实的时候，已经顺便保证了它的结果，所以死是一件不必急于求成的事，是一个必然会降临的节日。这样想过之后，我安心多了，眼前的一切不再那么可怕。

这世间很多事情就是如此，你可以探寻其规律，但不要妄图追求原因，或者说，因果也是规律，但它是循环的，没有源头。

你看，他不再急于求死，也不再思考生命的不公，甚至懒得表达那份绝望，而是开始琢磨该如何活着了。

存在主义文学家加缪认为，真正严肃的哲学问题只有一个，那就是自杀。我不知道史铁生有没有读过加缪，可加缪哲学观的两个核心主旨——荒诞与抗争，史铁生无一错过。实际上，包括你我，同样无一错过。

对于荒诞，史铁生已经泰然处之，他甚至淡然自嘲：职业是生病，业余在写作。

荒诞吗？当然荒诞，还有更荒诞的。史铁生在《病隙碎笔》写下："生命本无意义，是我使生命获得意义。"也就是说，"我"和生命，并不完全是一码事。

"我"与生命未必同在。

也许生命蜷缩在泥泞中挣扎时，我正于青山绝顶笑看暮色流云。

生命就在那里，你总能看到，生命是无所遁形的，而我，隐匿于万物之中。

你看到生命的我蝇营狗苟于俗世，永远不会看到我躺在贝加尔湖畔的夜空下数着星星。

你看到生命的我为五斗米折腰，却看不到我与李太白对饮，举杯高喝“天子呼来不上船”。

也许生命有诸多不能承受之重，殊不知，我心中可填山海。

也许我已死，而生命依然漫步于岁月。

当然，也许我仍存于世，生命却已赴召玉楼。

构筑肉体的元素并不复杂，不过钙、钠、钾等六十几种人体元素而已。没人会为一块石头树碑，更没人会为一捧清水立传，人们只会为生命作赋。那这些化学元素何以值得被歌颂呢？

是因为多了一个普普通通的“我”啊。是“我”赋予其意义，生命才有别于那些冷漠空虚的化学元素。

而“我”就只是灵魂吗？我想不是的，我是一粒尘埃，也是一颗恒星；我是一阵消散的风，也是巍峨的山；我是襁褓中啼哭的婴儿，又是命不久矣的老人。这世间，无一不是我，可仔细想想，又无一是我。

至于抗争，人们认为，自杀是一种懦弱的行为，是逃避，是投降，是匍匐在命运脚下的屈服。

诚然，活着才有无限的可能，但这不妨碍我们尝试换个角度去思考，自杀也是人类自由意志的尽头。这是对命运最后的抗争，是我们用尽毕生功力对命运发起的最后一击，那种一生只能使用一次的招数。

(三)

加缪说 :“除了没用的肉体自杀和精神逃避，第三种自杀的态度是坚持奋斗，对抗人生的荒谬。”

幸好，史铁生选择了另一种抗争的方式——向死而生。

严格讲，**死是一个过程，从出生开始，每个人的每一秒都在向死而生。所有生命都要终结，花草会枯萎，人也避不过与世长辞，甚至富士山会爆发，星星会坠落，太阳会熄灭。虽然很难想象，但现实是，我们正经历的每一秒都在逼近这个结局。**

“向死而生”是德国哲学家马丁 · 海德格尔提出的概念，他将生命以倒计时的形式展现，希望以此来求证那个永恒的哲思——生命的意义。

诚然，这也是个困扰我许久的问题，并且我自认终生也无法寻得正确答案。好在我是个极为随意的人，远不至于找不到意义便迷失人生方向。可对于轮椅上的史铁生则不然，他太需要一个活下去的动力，去支撑他那再也无法站立的残躯。

他写下 :“生命的意义就在于你能创造这过程的美好与精彩，生命的价值就在于你能够镇静而又激动地欣赏这过程的美丽与悲壮。”

这是典型的“向死而生”。如果把人生看作一段路程，那么起点和终点就是降生和死亡。这段规定好两端的路程，意义何在呢？

那只能是这中间的跋涉了，是每一处驻足观望的风景，是一路走来的坎坷，是遮面的风霜，是洒落的柔光，是生而为人每一天的体验。

当然，没人能保证这是一份美妙的体验，但也无法将其定义为纯粹的痛苦。人生本就是悲喜参半。不过我的确以为，未长夜痛哭者，不足以语人生。我从不觉得苦难有任何值得歌颂的地方和感谢的必要。这只是生命中必然存在的一个环节而已，是定数般的存在，就好像漫长路程中你会踢到一些石子，历经一些风霜，甚至被绊倒去拥吻大地。这一切都被赋予了一个好听的名字——宿命。

然而，蜕变又的确往往是在痛苦中获得，或者说，成长本身就是学着处理痛苦的过程，比如史铁生，他整日沉浸在地坛的沧桑中，因为失去双腿的痛苦，反复思考生与死。

思考的结果是什么呢？

他写下："苦难既然把我推到了悬崖的边缘，那么就让我在这悬崖的边缘坐下来，顺便看看悬崖下的流岚雾霭，唱支歌给你听。"

对于苦难，既然避无可避，那就不妨带着"随遇而安"的心态吧。命运破落如废墟，我身处其中，依旧心似玲珑。甚至几百年后，我的坟墓都已衰败不堪，可我知道，随风而来的蒲公英依然会扎根于此，陪我看日出日落。

曾经有那么几年，我遭遇人生低谷，甚至一度以为再也无法爬出谷底，便索性蹲在谷底思考人生。思考无果后，只觉得世事无常，规律尚且难以掌握，又何苦追寻原因呢？能懂得如何应对已经很不易了。

当然，再过些年，回望一眼，你会发觉，曾经以为的人生低谷，充其量只配称为坎坷罢了。你永远不知道人生道路上有多少更低的低谷等着你，不过谁在意呢？人们盼望明天不是因为坚信明天会更好，而是真切体验了今天的煎熬，人们怀念昨天的原因也并非相信明天会更糟，而是觉得今天原来还不如昨天。

所以都说幸福是个比较级，不幸又何尝不是？

如史铁生所言："刚坐上轮椅时，我老想，不能直立行走岂非把人的特点（都）搞丢了？便觉天昏地暗。等到又生出褥疮，一连数日只能七扭八歪地躺着，才看见端坐的日子（是）多么晴朗。后来又患'尿毒症'，经常昏昏然不能思想，就更加怀恋起往日时光。"

不过，大部分不幸的人还是会抱着试一试的态度期盼明天。这更接近于一种寄托，我就是如此。当然，在这同时，我依然无比怀念从前。这中间会夹杂一些忏悔或抱怨。忏悔是针对自己，抱怨是针对他人，可我总是忘了珍惜当下，即便是很糟糕的当下。

我从未责怪自己那段时间的颓然。人生这段路，累了就是要歇歇的，碌碌无为的努力和碌碌无为得躺平是非常雷同的。当你不想行动的时候，思考不失为一种选择。说不定就能给自己一个答案，或者是找到继续的理由。

史铁生是这么做的，他描述过："置身于地坛之中，仿佛能听见大地的呼唤，那是一种源自内心的安宁与恬淡。我与地坛，是灵魂与自然的交融，是情感与理性的碰撞。"

其实，人应该偶尔和自己对话的，只有脱离了周身的浮华，你才能够剥离出另一个自己。他对你讲的每一个字，都来自你灵魂深处。他会揭示你的弱点、恐惧，甚至是不堪。而往往也只有在与自己的对话中，你才敢问出那些不曾有勇气碰触的问题。你们在互相的审视中发掘真实的自己，并且直视他。

史铁生说："危卧病榻，难有无神论者。"所以他在文章中多次质问上帝，为什么给自己安排这样的命运，我觉得他并非真的期望上帝能给自己一个答案，更像是为了自己的不幸找到一个合理的解释。遭遇不公的人第一个念头往往不是为什么不公，而是为什么是我。

人什么时候会问出这样的问题呢？当然是开始怀疑自己时，例如错过一个爱人，离过一次婚，失去一份工作，遭遇一次背叛，事业经历一次失败，口袋里掏不出孩子的学费或给父母看病的钱，至亲离世，或者自己的生命进入短暂的倒计时。这一切的一切，这所有歇斯底里的痛，都是人生在你面前徐徐展开的真面目。你可以理解成这是命运对你的考验，也可以看作命运本就是这个样子，总之你需要做的就是慢慢熬过去。然后你会发现，人生和自己会变成另一副样子。其实，人们所讲的顿悟，不过是说在看清人生本来的样子后，还能够平静地接纳罢了。那份豁然开朗，也该是你本来的样子。

我相信上帝最终没有给史铁生任何回答，如果真的存在全知全能的上帝，如果他能听到人类的提问，他也绝不会做任何回应。而史铁生的答案，都是在与自己的对话中得到的。

1974 年，史铁生得到一份可以糊口的工作——在街道工厂当临时工，工作内容是在家具上画画，每个月能领到十五元薪水。这份工作他做足了七年。

再之后，他因为日益严重的肾病而告别了这份工作，专心从事写作。1983 年，因短篇小说《我的遥远的清平湾》获奖，从而一举成名。这篇小说中，他几乎未提及自己的命运，只是安静地回忆在陕北插队的日子。从这里可以看出，他已经走出绝望。

这让我想起电影《惩罚者》里的一句台词：美好的回忆可

以救人一命。

领奖的时候,他的朋友合力抬着他和他的轮椅送至领奖台。我猜，那一刻，他真正与这该死的世界和解了。

然而，这世界可不稀罕谁的和解。1998 年，他的肾病发展成了尿毒症，需要隔日透析以维持生命。这种痛苦是难以想象的，不过也不愧是名字里带了一个“铁”字，这位硬汉半步也不退，硬撑着写下了《病隙碎笔》和《务虚笔记》两本大家伙。

2010 年，先生累了，又或者太过思念妈妈，又或者觉得这世间无聊，亲自去找上帝谈人生了。

12 月 30 日，独属于史铁生那必然降临的节日终于到了，突发性脑出血正式开启了他生命的倒计时，那件不必急于求成的事已经近在咫尺。

史铁生的妻子陈希米选择了放弃治疗，因为医生说得很明确，即便抢救成功，史铁生成为植物人的概率无限接近百分之百。

老天收走他的双腿和母亲，幸而他还拥有一位好妻子。陈希米太了解史铁生了，他本就顶着残破的身躯于人间游历日久，倘若连灵魂也熄灭，那呼吸对于史铁生完全没有意义，甚至是累赘。陈希米选择放弃治疗。

史铁生很早就立下遗嘱，死后捐献人体器官。所以他一定知道，人一旦停止呼吸十五分钟，血液停止流动，那么任何器官都将失去其正常功能。**史铁生活着的时候没有屈服于命运，濒临死亡时对死神也是寸步不让。他硬是挺了九个小时，待天津红十字会的医生赶到，才呼出最后一口气。至此，这炙热又清冽的一生落下帷幕。**

女作家王安忆曾拜访史铁生。那天，史铁生家吃饺子，并以此招待了王安忆。王安忆是这么回忆史铁生的：“这一次见面我们基本上在说饺子。当时不觉得，过后想想却觉得意外。因为像史铁生这样，坐在轮椅上，是有权利说许多高深的哲理、人生的感悟、生命的体验、存在的真谛。他说什么我都会相信，也会感动，可是，他只是说饺子。”

“还有一次与他聊天，聊到有些外来妹在城市扎根的事情，我随口就说‘或者嫁个瘸腿的’。话出口多时，我才意识到自己的犯忌（犯了忌讳），先就尴尬起来。我一尴尬，他便也不自在起来，这局面的确是有些难堪的。”

不知为何，我想像那个画面的时候，总不免觉得忍俊不禁，其实无论是王安忆，还是史铁生本人，都没有把他视作不完整的人了。

提起史铁生的一生，人们总是很自然地将其与罗曼·罗兰说过的一句话联系在一起：“世界上只有一种英雄主义，那就是在认清生活的真相后，依然热爱生活。”

其实，没有谁真的认清过生活的真相。生活有无数副面孔，有时像鲜花慢慢绽放，有时又像烟火消失于一瞬，它像镜子一样映射着你的迷茫，又如同阳光照射让你无地自容。无须热爱，这辽阔的人生，活着已经是英雄主义了。

最后，我想以尼采的一段话诠释我对于史铁生及这篇《我与地坛》的浅显认知：“乐观主义的人是浅薄之人，但是经由悲观主义而产生的乐观主义的人，则是体验过人生忧患以后重新肯定人生的人。一个有深度的人，当他最初接触人生世界时，一定会发现这个世界是一个痛苦的世界。一定对人生世界产生悲观的看法，如果他沉沦在悲观主义里面，他就会颓废，如果他不沉沦在悲观主义里面而跳出来，他就会重新肯定人生世界。对人生世界充满乐观的希望，这个时候的乐观主义，不再是浅薄的乐观主义，而是富有创造力的乐观主义。”

我与地坛

文／史铁生

我在好几篇小说中都提到过一座废弃的古园，实际就是地坛。许多年前旅游业还没有开展，园子荒芜冷落得如同一片野地，很少被人记起。

地坛离我家很近。或者说我家离地坛很近。总之，只好认为这是缘分。地坛在我出生前四百多年就坐落在那儿了，而自从我的祖母年轻时带着我父亲来到北京，就一直住在离它不远的地方——五十多年间搬过几次家，可搬来搬去总是在它周围，而且是越搬离它越近了。我常觉得这中间有着宿命的味道；仿佛这古园就是为了等我，而历尽沧桑在那儿等待了四百多年。

它等待我出生，然后又等待我活到最狂妄的年龄上忽地残废了双腿。四百多年里，它一面剥蚀了古殿檐头浮夸的琉璃，淡褪了门壁上炫耀的朱红，坍圮了一段段高墙，又散落了玉砌雕栏，祭坛四周的老柏树愈见苍幽，到处的野草荒藤也都茂盛得自在坦荡。这时候想必我是该来了。十五年前的一个下午，我摇着轮椅进入园中，它为一个失魂落魄的人把一切都准备好了。那时，太阳循着亘古不变的路途正越来越大，也越红。在满园弥漫的沉静光芒中，一个人更容易看到时间，并看见自己的身影。

自从那个下午我无意中进了这园子，就再没长久地离开过它。我一下子就理解了它的意图。正如我在一篇小说中所说的："在人口密聚的城市里，有这样一个宁静的去处，像是上天的苦心安排。"

两条腿残废后的最初几年，我找不到工作，找不到去路，忽然间几乎什么都找不到了，我就摇了轮椅总是到它那儿去，仅为着那儿是可以逃避一个世界的另一个世界。我在那篇小说中写道："没处可去我便一天到晚耗在这园子里。跟上班下班一样，别人去上班我就摇了轮椅到这儿来。园子无人看管，上下班时间有些抄近路的人们从园中穿过，园子里活跃一阵，过后便沉寂下来。"

"园墙在金晃晃的空气中斜切下一溜荫凉，我把轮椅开进去，把椅背放倒，坐着或是躺着，看书或者想事，撅一杈树枝左右拍打，驱赶那些和我一样不明白为什么要来这世上的小昆虫。""蜂儿如一朵小雾稳稳地停在半空；蚂蚁摇头晃脑捋着触须，猛然间想透了什么，转身疾行而去；瓢虫爬得不耐烦了，累了祈祷一回便支开翅膀，忽悠一下升空了；树干上留着一只蝉蜕，寂寞如一间空屋；露水在草叶上滚动，聚集，压弯了草叶轰然坠地摔开万道金光。”“满园子都是草木竞相生长弄出的响动，悉悉碎碎片刻不息。”这都是真实的记录，园子荒芜但并不衰败。

除去几座殿堂我无法进去，除去那座祭坛我不能上去而只能从各个角度张望它，地坛的每一棵树下我都去过，差不多它的每一米草地上都有过我的车轮印。无论是什么季节，什么天气，什么时间，我都在这园子里呆过。有时候呆一会儿就回家，有时候就呆到满地上都亮起月光。记不清都是在它的哪些角落里了，我一连几小时专心致志地想关于死的事，也以同样的耐心和方式想过我为什么要出生。这样想了好几年，最后事情终于弄明白了：一个人，出生了，这就不再是一个可以辩论的问题，而只是上天交给他的一个事实；上天在交给我们这件事实的时候，已经顺便保证了它的结果，所以死是一件不必急于求成的事，死是一个必然会降临的节日。这样想过之看我安心多了，眼前的一切不再那么可怕。比如你起早熬夜准备考试的时候，忽然想起有一个长长的假期在前面等待你，你会不会觉得轻松一点？并且庆幸并且感激这样的安排？

剩下的就是怎样活的问题了。这却不是在某一个瞬间就能完全想透的，不是能够一次性解决的事，怕是活多久就要想它多久了，就像是伴你终生的魔鬼或恋人。所以，十五年了，我还是总得到那古园里去，去它的老树下或荒草边或颓墙旁，去默坐，去呆想、去推开耳边的嘈杂理一理纷乱的思绪，去窥看自己的心魂。

十五年中，这古园的形体被不能理解它的人肆意雕琢，幸好有些东西的任谁也不能改变它的。譬如祭坛石门中的落日，寂静的光辉平铺的一刻，地上的每一个坎坷都被映照得灿烂；譬如在园中最为落寞的时间，一群雨燕便出来高歌，把天地都叫喊得苍凉；譬如冬天雪地上孩子的脚印，总让人猜想他们是谁，曾在哪儿做过些什么，然后又都到哪儿去了；譬如那些苍黑的古柏，你忧郁的时候它们镇静地站在那儿，你欣喜的时候它们依然镇静地站在那儿，它们没日没夜地站在那儿从你没有出生一直站到这个世界上又没了你的时候；譬如暴雨骤临园中，激起一阵阵灼烈而清纯的草木和泥土的气味，让人想起无数个夏天的事件；譬如秋风忽至，再有一场早霜，落叶或飘摇歌舞或坦然安卧，满园中播散着熨帖而微苦的味道。味道是最说不清楚的。味道不能写只能闻，要你身临其境去闻才能明了。味道甚至是难于记忆的，只有你又闻到它你才能记起它的全部情感和意蕴。所以我常常要到那园子里去。

现在我才想到，当年我总是独自跑到地坛去，曾经给母亲出了一个怎样的难题。

她不是那种光会疼爱儿子而不懂得理解儿子的母亲。她知道我心里的苦闷，知道不该阻止我出去走走，知道我要是老待在家里结果会更糟，但她又担心我一个人在那荒僻的园子里整天都想些什么。我那时脾气坏到极点，经常是发了疯一样地离开家，从那园子里回来又中了魔似的什么话都不说。母亲知道有些事不宜问，便犹犹豫豫地想问而终于不敢问，因为她自己心里也没有答案。她料想我不会愿意她跟我一同去，所以她从未这样要求过，她知道得给我一点儿独处的时间，得有这样一段过程。她只是不知道这过程得要多久，和这过程的尽头究竟是什么。每次我要动身时，她便无言地帮我准备，帮助我上了轮椅车，看着我摇车拐出小院；这以后她会怎样，当年我不曾想过。

有一回我摇车出了小院，想起一件什么事又返身回来，看见母亲仍站在原地，还是送我走时的姿势，望着我拐出小院去的那处墙角，对我的回来竟一时没有反应。待她再次送我出门的时候，她说："出去活动活动，去地坛看看书，我说这挺好。"许多年以后我才渐渐听出，母亲这话实际上是自我安慰，是暗自的祷告，是给我的提示，是恳求与嘱咐。只是在她猝然去世之后，我才有余暇设想，当我不在家里的那些漫长的时间，她是怎样心神不定坐卧难宁，兼着痛苦、惊恐与一个母亲最低限度的祈求。现在我可以断定，以她的聪慧和坚忍，在那些空落的白天后的黑夜，在那不眠的黑夜后的白天，她思来想去最后准是对自己说："反正我不能不让他出去，未来的日子是他自己的，如果他真的要在那园子里出了什么事，这苦难也只好我来承担。"在那段日子里——那是好几年长的一段日子，我想我一定使母亲做过最坏的准备了，但她从来没有对我说过"你为我想想"。事实上我也真的没为她想过。那时她的儿子还太年轻，还来不及为母亲想，他被命运击昏了头，一心以为自己是世上最不幸的一个，不知道儿子的不幸在母亲那儿总是要加倍的。她有一个长到二十岁上忽然截瘫了的儿子，这是她唯一的儿子；她情愿截瘫的是自己而不是儿子，可这事无法代替；她想，只要儿子能活下去，哪怕自己去死呢也行，可她又确信一个人不能仅仅是活着，儿子得有一条路走向自己的幸福；而这条路呢，没有谁能保证她的儿子最终能找到。——这样一个母亲，注定是活得最苦的母亲。

有一次与一个作家朋友聊天，我问他学写作的最初动机是什么。他想了一会儿说："为我母亲。为了让她骄傲。"我心里一惊，良久无言。回想自己最初写小说的动机，虽不似这位朋友的那般单纯，但如他一样的愿望我也有，且一经细想，发现这愿望也在全部动机中占了很大比重。这位朋友说："我的动机太低俗了吧？"我光是摇头，心想低俗并不见得低俗，只怕是这愿望过于天真了。他又说："我那时真就是想出名，出了名让别人羡慕我母亲。"我想，他比我坦率。我想，他又比我幸福，因为他的母亲还活着。而且我想，他的母亲也比我的母亲运气好，他的母亲没有一个双腿残废的儿子，否则事情就不这么简单。

在我的头一篇小说发表的时候，在我的小说第一次获奖的那些日子里，我真是多么希望我的母亲还活着。我便又不能在家里待了，又整天整天独自跑到地坛去，心里是没头没尾的沉郁和哀怨，走遍整个园子却怎么也想不通：母亲为什么就不能再多活两年？为什么在她儿子就快要碰撞开一条路的时候，她却忽然熬不住了？莫非她来此世上只是为了替儿子担忧，却不该分享我的一点点快乐？她匆匆离我去时才只有四十九呀！有那么一会儿，我甚至对世界对

上天充满了仇恨和厌恶。后来我在一篇题为《合欢树》的文章中写道："我坐在小公园安静的树林里，闭上眼睛，想，上天为什么早早地召母亲回去呢？很久很久，迷迷糊糊的我听见了回答：'她心里太苦了，上天看她受不住了，就召她回去。'我似乎得了一点安慰，睁开眼睛，看见风正从树林里穿过。"小公园，指的也是地坛。

只是到了这时候，纷纭的往事才在我眼前幻现得清晰，母亲的苦难与伟大才在我心中渗透得深彻。上天的考虑，也许是对的。

摇着轮椅在园中慢慢走，又是雾罩的清晨，又是骄阳高悬

的白昼，我只想着一件事：母亲已经不在了。在老柏树旁停下，在草地上在颓墙边停下，又是处处虫鸣的午后，又是鸟儿归巢的傍晚，我心里只默念着一句话：可是母亲已经不在了。把椅背放倒，躺下，似睡非睡挨到日没，坐起来，心神恍惚，呆呆地直坐到古祭坛上落满黑暗然后再渐渐浮起月光，心里才有点明白，母亲不能再来这园中找我了。

曾有过好多回，我在这园子里待得太久了，母亲就来找我。她来找我又不想让我发觉，只要见我还好好地在这园子里，她就悄悄转身回去，我看见过几次她的背影。我也看见过几回她四处张望的情景，她视力不好，端着眼镜像在寻找海上的一条船，她没看见我时我已经看见她了，待我看见她也看见我了我就不去看她，过一会儿我再抬头看她就又看见她缓缓离去的背影。我更是无法知道有多少回她没有找到我。有一回我坐在矮树丛中，树丛很密，我看见她没有找到我；她一个人在园子里走，走过我的身旁，走过我经常待的一些地方，步履茫然又急迫。我不知道她已经找了多久还要找多久，我不知道为什么我决意不喊她——但这绝不是小时候的捉迷藏，这也许是出于长大了的男孩子的倔强或羞涩？但这倔强只留给我痛悔，丝毫也没有骄傲。我真想告诫所有长大了的男孩子，千万不要跟母亲来这套倔强，羞涩就更不必，我已经懂了，可我已经来不及了。

儿子想使母亲骄傲，这心情毕竟是太真实了，以致使“想出名”这一声名狼藉的念头也多少改变了一点形象。这是个复杂的问题，且不去管它了吧。随着小说获奖的激动逐日暗淡，我开始相信，至少有一点我是想错了：我用纸笔在报刊上碰撞开的一条路，并不就是母亲盼望我找到的那条路。年年月月我都到这园子里来，年年月月我都要想，母亲盼望我找到的那条路到底是什么。母亲生前没给我留下过什么隽永的哲言，或要我恪守的教诲，只是在她去世之后，她艰难的命运，坚忍的意志和毫不张扬的爱，随光阴流转，在我的印象中愈加鲜明深刻。

有一年，十月的风又翻动起安详的落叶，我在园中读书，听见两个散步的老人说：“没想到这园子有这么大。”我放下书，想，这么大一座园子，要在其中找到她的儿子，母亲走过了多少焦灼的路。多年来我头一次意识到，这园中不单是处处都有过我的车辙，有过我的车辙的地方也都有过母亲的脚印。

选自人教版《语文》高一（上）

《送东阳马生序》

花有重开日，
人无再少年

“人生本就难如逆水行舟，
可人生也妙在可以逆流而上！”

(一)

长大后，重读《送东阳马生序》，总不由得感慨万千，有种自己跨越了错乱的时空，再见到不谙世事的自己，想把当下的阅历和感受通通强加给他，一起复诵这篇《送东阳马生序》的感觉。

大概一如宋濂看着年轻的马君则，满眼都是当初的自己，不同的是，我想告诫曾经的自己，千万别活成现在的样子。

《送东阳马生序》是大明“第一文臣”宋濂写给同乡后辈马君则的赠序。文章并不晦涩，若说深意，也谈不上多么含蓄深远。但是如果细细品味，你就会发觉，他写的其实并不是读书的苦，而是做人的难。

这篇文章写了宋濂自己是如何通过知识改变命运，或者说实现阶级跃迁的。难能可贵的是，通篇没有说教的意味，更没有高高在上的自夸。看似轻描淡写的回忆，其实很通透地告诉后辈，如何做一个世俗意义上的好学生、好下属，从而完成阶级的跨越。说直白点，就是教授了生存之道、逆袭之法。

其实这篇文章属于相对容易淡忘的课文，全文不长，容我带大家稍加回忆。

> 余幼时即嗜学。家贫，无从致书以观，每假借于藏书之家，手自笔录，计日以还。天大寒，砚冰坚，手指不可屈伸，弗之怠。录毕，走送之，不敢稍逾约。以是人多以书假余，余因得遍观群书。既加冠，益慕圣贤之道，又患无硕师、名人与游，尝趋百里外，从乡之先达执经叩问。先达德隆望尊，门人弟子填其室，未尝稍降辞色。余立侍左右，援疑质理，俯身倾耳以请；或遇其叱咄，色愈恭，礼愈至，不敢出一言以复；俟其欣悦，则又请焉。故余虽愚，卒获有所闻。

大致翻译一下：我自幼好学，家境贫寒，买不起书，只能借，然后誊写，说好日子还给人家。酷寒时，墨水结冰，手指冻僵，也不曾放松片刻。誊写完毕，送还人家，不敢晚过约定的时间。所以人们愿意借给我书，我也得以博览群书。

成年后，（我）愈加仰慕圣贤之道，苦于没有高人为伍，曾历经百里路途，捧着书向前辈求教。先生颇有声望，学生挤满了房间。先生直白并且严厉。我站立一旁伺候，提出疑问，低身侧耳请教；被训斥了，我就更恭敬、更礼貌，不敢还言半个字；先生心情好了，我就再请教。所以我虽愚笨，仍有所获。

在古代，实现阶级跨越无非两个办法：知识改变命运，造反更新国号。穷苦的宋濂选择了前者。从古至今，在中国社会，靠读书实现逆袭的例子比比皆是，不过有个重要的前提——嗜学。就好像人永远不会把钱借给一个赌徒，却乐意借给有需要的资本家，嗜学的孩子，有更大概率得到提携。

虽然在我的翻译中，将嗜学理解为好学，但这二者还是有区别的：好学是一种喜好，而嗜学则是融入灵魂的本能。

深究下去的话，这种本能应该是来源于欲望的，可能是摆脱困境的欲望，也可能是不辱门第的欲望。总之，欲望是动力的第一生产力。

人们常说水滴石穿，讲究的是持之以恒，其实还有个重要的条件，就是精准的目标。宋濂清楚地知道自己想要什么，所以他嗜学，也正因为他嗜学，所以才“以是人多以书假余”。

在那个年代，能被称为“藏书之家”，绝非一般家庭。在借书的过程中，宋濂或多或少也会结识一些大家。而宋濂，就是那些“藏书之家”家主眼中的“别人家的孩子”，一定也会以“天大寒，砚冰坚，手指不可屈伸，弗之怠”作为榜样，教诲自家后辈。所以，落魄时不要低估人性的善良，发达后也别低估人性的邪恶。

况且，宋濂向来“计日以还”，无形中又争取到了“印象分”。无论古今，“靠谱”都是对一个人很高的评价。第一印象形成后，近乎不可逆。一个做学问的前辈，对于提携谦卑好学的后生，大概是不会拒绝的，因为这既满足了他们的成就感，又能被视为一种传承。

可是，物以类聚，人以群分。话虽不好听，可宋濂确实难以结交那些“硕师”“名人”，因为没有那个资本。圈子讲究的是交换，这个交换不仅是物质利益，还有情绪价值、信息流通等很多因素。宋濂显然难以满足这些条件。这种情况下，诚意是宋濂能交付出的最具性价比的成本了。

我不是因为你能创造利益而来攀附，是仰慕你的学识来请教，重点是“趋百里外”。想象一下，宋濂有一个问题始终不得其解，百里之内无人能答，所以长途跋涉前来求问，如果你是大儒，会拒绝这样一个求学者吗？这已经是低配版的“程门立雪”了。

宋濂还写出了一个很实际的问题，即大儒有大儒的个性。何为个性？是有别于社会潜规则的思维和举动。这十分符合大儒的身份。一个人，只有沉浸在自己的世界里，才能真正把学问做到极致，所以大儒不在意谁的“自尊”“面子”，这也是中国人信奉的“棍棒教育”。“求学”二字，既然是求，就放低你的身段，舍弃现阶段没有意义的自尊。世间万物都脱不开等价交换，学习和做人都是如此，需要的是综合成本，包括时间、精力、物质，当然，有时也免不了要付出你的尊严。但是你要知道，当你有所成就之后，捡起当初被人扔在地上，甚至还会踩上两脚的尊严，吹去上面的灰尘，你不需要居高临下地俯视那些摧毁你尊严的人，他们自然会抬头仰视你。那种成就感，绝非物质回报可以比拟，这也是人们追求的所谓“逆袭”。

当初的宋濂大概不会想那么多，也谈不上卑微逢迎。可能他也不在乎，因为他心中装着的是抱负，眼下种种困苦不过是磨炼心志罢了。胸怀天下的人，不会困于脚下的泥泞。

所以后来提起这些，宋濂丝毫没有避讳：“或遇其叱咄，色愈恭，礼愈至，不敢出一言以复；俟其欣悦，则又请焉。故余虽愚，卒获有所闻。”

寥寥数字，讲出了庶民之子的处世之道：无论你受尽冷眼，还是被戟指怒目，都不必上升到人格受辱的高度。自尊这东西，你越在意，就越脆弱。不卑不亢，说起来简单，真正做到的人凤毛麟角。老师训斥你，领导责骂你，都是难免的事情，因为他的位置决定了他有这样的权利。而你，没必要针锋相对，更无须自我否定。

真正的不卑不亢是，我承认我的错误，并接受由此产生的后果。同样，我能够理解你向我施加的负面情绪，但仅限于我的错误。

如果是无故加之，那更不必在意，他可能恰好遇到了烦心事，而你又恰好在那个时候出现，所以代为受过。但无所谓，你需要向老师学习，以得到更多知识，那么这是付出的成本之一。他的负面情绪释放之后，你继续请教，这个时候，对方或多或少会产生些许歉意，你的求学之路就会更水到渠成。如果对方毫无波澜，甚至以此为常态，那么就立刻远离，因为你的付出不会得到任何回报。

六百多年过去了，文中的这段话，依然值得当下的我们去品味，因为这里还涉及一个话题，就是人们讲的“祛魅”。

是不是跟领导相处的时候莫名不自在，看到漂亮的异性会下意识认为自己配不上，认为单位里的先进同事定然有过人之处？

我们好像很难在仰视某些人的时候真正做到不卑不亢。也难怪，看似耀眼的事物最容易吸引目光，往往你所崇拜的，就是你可望不可得的，大概率会唤醒你内心深处的自卑。其实，大可不必看低平凡的自己，去掉滤镜，拿掉光环，都是芸芸众生而已。**直白讲就是，我承认你的优秀，但不因此而自卑，我不祝福或诅咒你，因为我致力于成为更好的自己，这就是“祛魅”**。

崇拜的是本质，不是标签。从另一方面想，这也代表着你认识自我的能力，以及对自己的接受程度。把自身渴望投射到别人身上，然后不自觉地无限放大，这就是“魅”的根源。

人们总是误解了“自爱”这个词，将其与爱惜羽翼混淆。实际上，你爱的不该是别人口中的你，而应该是真正的你。

（二）

当余之从师也，负箧曳屣，行深山巨谷中，穷冬烈风，大雪深数尺，足肤皲裂而不知。至舍，四支僵劲不能动，媵人持汤沃灌，以衾拥覆，久而乃和。寓逆旅，主人日再食，无鲜肥滋味之享。同舍生皆被绮绣，戴朱缨宝饰之帽，腰白玉之环，左佩刀，右备容臭，烨然若神人；余则缊袍敝衣处其间，略无慕艳意。以中有足乐者，不知口体之奉不若人也。盖余之勤且艰若此，今虽耄老，未有所成，犹幸预君子之列，而承天子之宠光，缀公卿之后，日侍坐备顾问，四海亦谬称其氏名，况才之过于余者乎？

这一段写的依旧是求学的艰辛，不太标准的翻译是：寻师之时，我背着行李，趿拉着鞋子行走在山谷中。凛冬严寒，积雪数尺，皮肤皲裂而不自知。到达后，四肢冻僵，仆人照顾我喝下热水，盖上被子，很久之后才稍有缓解。寄宿时，我每日两餐，粗茶淡饭。同来求学的人身着锦绣华服，帽子配有宝石，腰间佩着白玉，左有佩刀，右有香囊，风采如神人；而我粗布短衣，身处其中，却毫无羡意，那是因为我心中有乐事,不觉吃穿落后于人。这就是我的勤劳和艰辛了。如今老了，没做出什么成就，但有幸与君子为伍，承蒙皇上恩宠，跟在公卿身后侍奉君上，听候差遣，四海之内也有人谬赞我的姓名，更何况才高于我之人呢？

没人能选择自己的出身。若出身寒门，你会因此多走一些弯路，多体会一些世道艰辛，这是难免的。要坦然接受，千万别奢望跟命运讨公道。在纯粹的随机事件中找规律，是世界上最大的内耗。

宋濂外出求学的日子里，身旁是“烨然若神人”的同学，自己则“缊袍敝衣”，不免要相形见绌了。可贵的是，他并没有因此而产生一丝迷茫。这一点，绝大多数人是做不到的。

每次读到这一段时，我都会想起曾看过的一档综艺节目。节目的规则是让出身贫困却坚毅好学的孩子和富裕家庭里衣食无忧却厌学惹祸的孩子互换身份，去对方的家庭里体验不一样的生活。我当时只觉得这种做法太不公平了：娇生惯养的孩子短暂地体会一下困苦，即便没什么好处，也绝没什么坏处；可困苦的孩子呢？以他们的年龄和眼界，能分清真实和虚幻吗？

我愿意相信策划者的初衷是好的，是为了让孩子见识到这个世界的另一面。可对于穷苦家庭，那个年纪的孩子，一旦见识过繁华，又怎么会甘心回到残酷的现实呢？那种落差感，能够轻而易举地撕碎一颗稚嫩的心。别说未成年的孩子，即便是在社会上摸爬滚打多年的成年人，又有几人能真的明白“以中有足乐者,不知口体之奉不若人也”呢？毕竟有句话说得对：“我原本可以忍受黑暗，如果我未曾见过光明。”

出乎意料的是，的确有一个例外。那个孩子来自很偏远的小山村。失明的父亲、身弱的母亲、幼小的弟弟、打工的哥哥……这一切，迫使这个孩子和贫穷形影不离地扎根在这片贫瘠的土地上。他的日常饮食是一种黑色的馍馍，吃的时候，他习惯配上自来水，否则会噎得很难受。然而，就算是这种毫无营养且难以下咽的食物，还常常吃不饱。他对于“美食”认知的上限是过年时哥哥带回来的猪肉。

他坚信知识改变命运。我想，他大概并不懂这句话的运行原理。都说穷人缺的不是钱，而是野心，但是，物质贫瘠的土地是孕育不出丰裕的精神的，所以这孩子知道这句话就足够了。只需要告诉他，撬动命运只需要一个支点。无论这个支点是什么，他都会当作信仰去坚守，因为那是他救命的稻草。

他进城了，见到太多颠覆认知的东西，才知道，原来世界是这个样子的。他坐在豪车里看着外面繁华的街景时，默默地哭了。谁也不知道这个十四岁的孩子在那一刻想到了什么，那眼泪里隐藏着的又是何种情绪，是激动、惶恐、窘迫，还是怨恨命运的不公，抑或是对繁华的相见恨晚？不得而知，但毕竟只是个十四岁的孩子，他“深知口体之奉不若人也”。

接下来的日子，他开始看电视、玩电脑、吃零食，甚至会浪费食物，花钱也随之阔绰起来。我看到此处时，心想：沉沦和迷茫果然是很容易的事情，当这孩子回到他真正的家，一定会经历很久的戒断反应。

结果，这孩子又出乎我的意料了。他去工厂体验生活，还对身旁的工人姐姐说：“这个城市不好闯呀，不读书不行。”后来，他认识了一个卖报纸的小男孩，得知其悲惨的身世后，会叮嘱小弟弟要用心学习。他看到街边卖艺的姑娘，也会掏出一些零钱。看到这一幕，我的心情复杂极了，不知道该说众生皆苦，还是皆是虚妄。

再后来，他还看到了桥洞下的流浪汉。我相信这对于他来说，会是很大的触动，会让他恍悟：原来喧嚣之下的贫困更加无所遁形。

他本可以多驻留一些日子的，却遇上了父亲突然受伤。节目制作组没想到他居然离开得如此决绝，便问及理由。他没有说担心父亲伤势，只说："我家的麦子熟了。"

黄粱一梦后,他又回到了现实。难以下咽的食物依旧如此，换回破旧的衣服，拿起锄头下地耕种，他又是他自己了。他对着镜头说，也是对自己说："读书就是唯一的出路。"

结局是好的。后来的他很有出息，挣脱了宿命为他编织的网，真正意义上完成了阶级跃迁。关于这个孩子，很多人的评价是"不忘初心"，而我认为，他有一种不可多得的清醒。这种清醒就是源于宋濂所说的"以中有足乐者"。

(三)

讲完求学之路，宋濂不忘勉励后辈，他写下：

> 今诸生学于太学，县官日有廪稍之供，父母岁有裘葛之遗，无冻馁之患矣；坐大厦之下而诵《诗》《书》，无奔走之劳矣；有司业、博士为之师，未有问而不告，

求而不得者也；凡所宜有之书，皆集于此，不必若余之手录，假诸人而后见也。其业有不精，德有不成者，非天质之卑，则心不若余之专耳，岂他人之过哉！

容我不准确地翻译一下：如今诸位在太学里求学，朝廷负责供给，父母负责冬衣夏被，没有衣食之忧；坐于高广的屋内学习，不受奔波之累；有司业、博士教导，有问必答，有求必应，该有的书都有，不必向他人求借再誊抄。如果学业不精、品德不行，绝非天资平庸，只是不像我当初那样一心一意罢了，怎会是他人之过呢？

前辈对后生的勉励都有一个套路，宋濂也没能免俗，那就是通过客观条件的优劣对比，突出强调主观努力的不足。常见的模式是“你们这代人的条件多好呀，我那时候……”

我曾对此非常不以为意。人类发展本就是不断完善的过程，每一代人所承担的历史责任是不同的，所以这种比较本就不公平。我读到这里的时候，有过犹豫，苦难的意义究竟何在？如果说是磨炼，那些有所成的人，是否不经历苦难就会泯然于众人？

我所经历的教育中，苦难一直是被称颂的，似乎成功无一不伴随着血泪史。当我拥有独立思考能力后，才恍然大悟：这是一种惯性思维。苦难绝不等同于挫折，苦难是命运所给予的，挫折则是因为错误的选择造成了一些障碍，挫折让人吸取教训，苦难则是苦苦挣扎却难以逃脱的旋涡。

所以歌颂苦难帮助不了任何人，就像“节哀”一样，除了安慰没有任何作用，我甚至不认为这是出于善意的安慰。惯性思维让人忽略了一个真相：歌颂苦难，就像拴在驴眼前的那根胡萝卜，驴永远不知道，它以为的理想，不过是别人精心打造的美丽骗局而已。

诚然，宋濂所描述的经历都是真实的，他也有资格勉励后学，可是因为成长环境的限制，他忽略的是，“有足乐”并非缊袍敝衣者所特有，锦衣华服之人，若心怀山海，“口体之奉”便无关紧要了。所以无论贫富，都是“不忘初心，方得始终”。

宋濂生怕仅靠自身经历无法打动于人，所以精心挑选了一个鲜活的例子——马君则。

> 东阳马生君则，在太学已二年，流辈甚称其贤。余朝京师，生以乡人子谒余，撰长书以为贽，辞甚畅达，与之论辨，言和而色夷。自谓少时用心于学甚劳，是可谓善学者矣！其将归见其亲也，余故道为学之难以告之。谓余勉乡人以学者，余之志也；诋我夸际遇之盛而骄乡人者，岂知余者哉！

东阳学生马君则，在太学读书已经两年了，同辈人都夸赞他贤能。我进京觐见皇上，马君则以同乡晚辈的名义拜见我，以一封长信为礼，文辞流畅通达。与他辩论，言语温和，神色谦卑。他说自己年少时十分用心于学习，真可谓是嗜学之人了。他即将回家拜见长辈亲人，我特地将我求学之路的艰辛告诉他。如果认为我勉励同乡学习，确是我的本意；如果觉得我是因际遇好而向同乡炫耀的人，难道是了解我的人吗？

宋濂是什么人？是明朝开国文臣之首，是堂堂的翰林院学士、知制诰，太子都要恭恭敬敬地尊称一声老师，你真以为他会随便接受一个名不见经传的同乡的拜见，并且在事后指名为其专门撰文劝学？这相当于时任教育部长亲切接见了你，并送你一封亲笔信——致××大学××级××班××的公开信。

当然，马君则一定不差，甚至是同辈中的佼佼者。但究其根源，宋濂是想告诉天下的学生，回望自己所走过的路，如今依然有人循迹而来，并且离成功越来越近了。比如这个马君则，就是年轻时候的宋濂。再看宋濂对他的评价——“辞甚畅达，与之论辩，言和而色夷”，这十三个字自宋濂口中说出，对马君则的意义不言而喻。

我猜宋濂不仅是想提携一把同乡，他真正想帮的，是那些如年轻时的自己一样困苦的学生。如果你还年轻，希望这篇《送东阳马生序》能触动到你；如果你不再年轻，那么请记住：种一棵树最好的时间是十年前，其次是现在。

送东阳马生序

文 / 宋濂

余幼时即嗜学。家贫，无从致书以观，每假借于藏书之家，手自笔录，计日以还。天大寒，砚冰坚，手指不可屈伸，弗之怠。录毕，走送之，不敢稍逾约。以是人多以书假余，余因得遍观群书。既加冠，益慕圣贤之道，又患无硕师、名人与游，尝趋百里外，从乡之先达执经叩问。先达德隆望尊，门人弟子填其室，未尝稍降辞色。余立侍左右，援疑质理，俯身倾耳以请；或遇其叱咄，色愈恭，礼愈至，不敢出一言以复；俟其欣悦，则又请焉。故余虽愚，卒获有所闻。

当余之从师也，负箧曳屣，行深山巨谷中，穷冬烈风，大雪深数尺，足肤皲裂而不知。至舍，四支僵劲不能动，媵人持汤沃灌，以衾拥覆，久而乃和。寓逆旅，主人日再食，无鲜肥滋味之享。同舍生皆被绮绣，戴朱缨宝饰之帽，腰白玉之环，左佩刀，右备容臭，烨然若神人；余则缊袍敝衣处其间，略无慕艳意。以中有足乐者，不知口体之奉不若人也。盖余之勤且艰若此，今虽耄老，未有所成，犹幸预君子之列，而承天子之宠光，缀公卿之后，日侍坐备顾问，四海亦谬称其氏名，况才之过于余者乎？

今诸生学于太学，县官日有廪稍之供，父母岁有裘葛之遗，无冻馁之患矣；坐大厦之下而诵《诗》《书》，无奔走之劳矣；有司业、博士为之师，未有问而不告，求而不得者也；凡所宜有之书，皆集于此，不必若余之手录，假诸人而后见也。其业有不精，德有不成者，非天质之卑，则心不若余之专耳，岂他人之过哉！

东阳马生君则，在太学已二年，流辈甚称其贤。余朝京师，生以乡人子谒余，撰长书以为贽，辞甚畅达，与之论辨，言和而色夷。自谓少时用心于学甚劳，是可谓善学者矣！其将归见其亲也，余故道为学之难以告之。谓余勉乡人以学者，余之志也 48；诋我夸际遇之盛而骄乡人者，岂知余者哉！

选自人教版《语文》九年级（下）

《锦瑟》

人生这条路，
最后我们只能自己走

“我知道你一定记得
“此情可待成追忆，
只是当时已惘然”这句诗，
可你真的读懂过《锦瑟》吗？”

(一)

上学时，我特别讨厌我的校服。在那个追求个性解放的年纪，过着千篇一律的校园生活也就罢了，甚至连穿着也不能有丝毫的僭越，除了自己一副平平无奇的容貌，似乎再没有多余的存在感。可是老师对我们讲 ：“你们现在是穿校服最好的年纪……”她停顿几秒，更正了一下，“不，是唯一的年纪”。

然而，当年的我哪里听得进去，只以为是老师在安抚一颗颗因年轻而躁动的心罢了。直到很多年后，时间久到我都已经忘记了校服的样子。有一天我走在路上，被一阵鲜活的嬉闹声所吸引。循着声音看过去，是一群放学回家的少男少女。男生们远远地跑在前面，书包歪歪扭扭地背在身上，被随意甩动着 ；身后的女生们束着小小的马尾，抿嘴笑着。他们穿着红白相间的校服，夕阳下，像一团团跃动的火焰，逐渐离我远去了。

我望着他们的背影，呆立在原地，心中有股情绪不能释然。我也说不清究竟是怎样的情绪，然后老师曾说过的话蓦地开始在脑中盘旋：“你们现在是穿校服最好的……不，是唯一的年纪。”

我的心在一瞬间被狠狠地触动了。原来老师说的一点都不错，这些孩子穿着校服，可真好看啊！你能想象吗？原本土气的校服，却感觉只有它才配得上肆意挥洒的青春。好像只有穿着校服，才可以毫无顾忌地大笑或者流泪，可以讨厌很多人却不恨任何人，可以在分不清喜欢和爱的时候就写下人生第一封情书，可以莽撞而灿烂地进行每一次呼吸。只可惜，校服的主人是绝对不知道这些的，就像当年的我们那般懵懂。而当他们反应过来的时候，又绝对不可能再回到那个时光里了。

我突然有一点理解那股难以释然的情绪了，大概是“此情可待成追忆，只是当时已惘然”吧。我读书的时候，老师是这么解释这句诗的——“当初的美好都只能用来追忆了，当初身在其中，只道是寻常，不以为然。”

《锦瑟》这首诗，有无数种解读，因为它真的太隐晦了。可是我觉得语文就不该存在“阅读理解”这类题目。对于这首诗，我悼念青春的时候想起，那它就是慨叹往事难再；我怀才不遇的时候想起，那它就是控诉命运不公；我思念故人的时候

想起，那它就是悼亡之作。

很多时候，如果不是被考试封印，语文其实是一门很浪漫的学科。只是当初我们不解其深意，譬如这首《锦瑟》。

锦瑟无端五十弦，一弦一柱思华年。

之前有一个挺有热度的网络话题——没想到被李商隐背刺了。

原因是 2023 年的教师资格证考试里面有一道考题：瑟有多少根弦？

很多考生出于对李商隐的信任，毫不犹豫地选择了“五十”这个答案。结果他们无一例外地答错了，因为正确答案是二十五根。我猜，如果没有背过这首诗，就算蒙，也没人会蒙“五十”这个答案，毕竟谁会认为一把乐器需要那么多根弦呢？

许多人将《锦瑟》解读为悼念亡妻之作，也和“五十弦”有关。因为瑟本是二十五弦，一刀两断之后便是五十弦，所以有“断弦”之意。

不过，还有另一种解读，说是这句诗引用了《史记》中的典故：“太帝使素女鼓五十弦瑟，悲，帝禁不止，故破其瑟为二十五弦。”

意思是锦瑟本就是五十弦，不过所奏之音过于悲伤，太帝亦难以承受，于是破为二十五弦。

当然，还有很多解读，但人到了一定的年纪，对很多事情都已经懒得探究原因了，或者说，只剩下接受现实的力气了。很多事情都是“无端”的，五十弦也好，二十五弦也罢，弦声响起，只与知音听，可与人言无二三。

成年人要的是结果，不是因果，假如生活给了你一些苦难，不要反复拷问自己“为什么是我”，或者“凭什么是我”，这不是寻找原因，是抱怨，真正看重原因的人，当好事发生在自己身上时，也会自问上述问题。所以成年人很重要的一个素质是，允许一切发生，世事如锦瑟，无端五十弦。

一弦一柱思华年，锦瑟的声音让人想起美好的过往。

回忆是件以小见大的事，世间的丑恶虽是各成一格，美好却是串联的，往昔的美好会被某个具体瞬间定格。试想一下，最好的年纪里，你们漫步在某个明月微风的夜晚，两个人沉浸在默契的安静中，只觉得岁月静好。这时飘来一阵歌声，悠扬又委婉。若干年后，也许无意间你再次听到这首歌，脑海里浮现的就是那个美好的夜晚，甚至会喃喃自语：“那天晚上，也是这首歌，不过，那已经是很久以前的事了”。

（三）

庄生晓梦迷蝴蝶，望帝春心托杜鹃。

沧海月明珠有泪，蓝田日暖玉生烟。

这里的典故是庄周梦蝶，而且是“晓梦”，破晓之际的梦境短暂而真实，很像迷离惝恍的人生。人生起落如苦海沉浮，有时回首望去，真的很难分辨过往的种种究竟是一场梦，还是我们真实经历的人生。而之所以“迷蝴蝶”，我想，即便那些美好是一场梦，人们也情愿沉浸在其中而不复醒吧。

电影《盗梦空间》里面有这样一个问题：我们都知道梦是假的，可是我们在梦里却相信它是真的，我们都知道现实是真的，可是你怎么能确定，这不是另一场梦境呢？

可惜我们没有可以分辨现实与虚幻的陀螺，所以没人确定此时此刻的自己是否身处梦境。即便是在你看到这些文字的这一秒，你敢说不是梦境吗？

某个早晨，我无意间看到镜子中的自己，才发觉，好像只是一眨眼的工夫，自己已经长大了，准确地说，是开始变老了。童年已经很遥远，青春也离我远去，可我依旧茫然，不知以后的路会走到哪里。回首半生，不知该说过去过得太快，还是未来来得太慢。我甚至无法确切说出前三十年究竟有何建树。

再回想，原来是因为前半生真的一事无成。

我又抽空回忆起曾爱过的姑娘。分手那天，我们好像说出了所有能想到的恶毒的话。我们太了解彼此了，说的每一个字都能精准地伤害到对方。当她哭着咆哮出“分手”两个字的时候，我愣住了：曾经海誓山盟的我们，真的相爱过吗？

这些是梦，还是真实的，我有些恍惚了。

望帝的典故则是讲这位君王死后不忍离子民而去，魂魄化为杜鹃。我想这世上，总有一个人，让你愿意相信灵魂是存在的，让你希望真的能有来世，即便你从未敬过鬼神半分。

“沧海月明珠有泪”一句引用了“鲛人泣珠”的典故。据说南海鲛人哭泣的眼泪会化为珍珠。

你看过《大话西游》吗？是否记得里面有这样一句台词：“那个女孩子在我心里留下了一滴眼泪”？

虽然没有统计过，但我知道，所有女孩子都曾为某个男孩流过眼泪。或许是在一个寂静的夜晚，也可能是在一个不能入眠的凌晨。这就是堪比珍珠的眼泪。很多年以后，女孩子已为人妻、为人母，她们已经忘记了那个男孩的样子，甚至连名字都不记得了。不过这不重要，她一定记得那个夜晚的眼泪，因为每一滴都是再也回不去的，如诗一般的少女心事，每一滴都是月下的珍珠，在生命的过往中闪烁着清澈的光。

“蓝田日暖玉生烟。”当你即将拥抱一生所求的时刻，那人却化作一缕青烟飘散。人生缥缈似飞沙，很多求而不得的东西都是在指尖悄悄溜走。

比起求而不得的遗憾，更遗憾的是，近在咫尺的求而不得。你有没有在困顿的年纪里，遇到过想要照顾一生的姑娘？当然，最终的结果是你失去了她，若干年后，你大器有成，在街上偶遇那个女孩，也许她过着平凡，甚至困苦的生活。遗憾的是，你们依旧不会有任何结果，即便上天给了你重逢的机会。这姑娘注定是你的良玉生烟，她在你生命里的意义只是惊鸿一瞥，仅限于此而已。

这一刻起，你们的往昔会变得不真切起来，她的影子也逐渐模糊。你越是想回忆起你们之间的点点滴滴，记忆越是氤氲虚幻。你明明觉得那份爱是如此刻骨铭心，可如今看起来已经那般遥远，遥远得有些不真实了。

人们常说，有时候，老天让你得不到一样东西，其实是在保护你，不过我不懂——既然注定得不到，又何必出现在生命中呢？后来我发觉，其实我不是不懂，而是不甘。可如果有一天，执念尽数化去了，那么往事是真是假，似乎又没有那么重要了。

此情可待成追忆，只是当时已惘然。

关于这一联，有两种解读。

其一是，这份愁绪总有一天会成为回忆，只不过当时的我没能感知到。

其二是，这里的“可待”应理解为“岂待”；“只是”在唐诗中应该理解为“正是”，如此的话，意思就该是——不必等到回忆往事的时候，那时的我就已经陷入深深的惘然了。

其实怎么理解不重要，李商隐究竟想表达什么似乎也没有那么重要了。他和我们一样，一辈子看似匆匆，其实仔细思量，我们要遇到那么多人，经历那么多事，我们一生的笑容多得让你生出皱纹，一生的眼泪几乎和你的躯体一般重了，可不管是怎么样的刻骨铭心，都是要消逝的。你回望的时候，也许会心一笑，也许怅然若失，也说不定会恍然大悟，可毕竟是再也回不去的。既然如此，是当时已惘然，还是当时正惘然，好像也无所谓了。如果无法重逢，那不如好好告个别吧。有时候，我爱你，和我爱过你，不必计较得那么分明。

人生就是这样，你在不知不觉间就已经走了很远的路。你弄丢过很重要的人，也被那个陪你走了很久的人抛弃过，后来发觉，这条路，其实只有你自己罢了。

锦瑟

文 / 李商隐

锦瑟无端五十弦，一弦一柱思华年。
庄生晓梦迷蝴蝶，望帝春心托杜鹃。
沧海月明珠有泪，蓝田日暖玉生烟。
此情可待成追忆，只是当时已惘然。

选自人教版《语文》高二（上）

《秋天的怀念》

一场母爱的救赎

“北海的花开了，
我推你看看吧！”

(一)

史铁生是一位很特殊的作家，而他的妈妈，其实是全天下最普通的母亲的模样。

史铁生瘫痪后，整日整夜地闷在房间里，在暴怒和崩溃间反复无常，被痛苦折磨得不成样子。谁也说不清这个世界究竟谁才是最痛苦的人，但我想，这个世界总有更痛苦的母亲。因为史铁生说得明白："儿子的不幸，在母亲身上总是要加倍的。"

史铁生失去双腿那年只有二十一岁，灾难来得猝不及防，他又太年轻了，年轻到只有能力应付自己的痛苦，再无暇顾及母亲心头的酸楚和没掉下的眼泪。

儿子照顾病榻上的母亲，难免会掺杂些不耐烦，可若是母亲照看轮椅上的儿子，一定是事无巨细。

你永远是妈妈生命中的一部分，而妈妈，只能是你人生中

不得不提前退场的过客。

小时候学到这篇《秋天的怀念》，虽然懵懂，不过多少是能读懂一些的，隐约明白是讲了一个不幸的儿子和他困苦的母亲。长大后重读，又添了一些更为复杂的感受。

> 双腿瘫痪后，我的脾气变得暴怒无常。望着望着天上北归的雁阵，我会突然把面前的玻璃砸碎；听着听着李谷一甜美的歌声，我会猛地把手边的东西摔向四周的墙壁。母亲就悄悄地躲出去，在我看不见的地方偷偷地听着我的动静。当一切恢复沉寂，她又悄悄地进来，眼边儿红红的，看着我。“听说北海的花都开了，我推着你去走走。”她总是这么说。母亲喜欢花，可自从我的腿瘫痪后，她侍弄的那些花都死了。“不，我不去！”我狠命地捶打这两条可恨的腿，喊着，“我可活什么劲儿！”母亲扑过来抓住我的手，忍住哭声说：“咱娘儿俩在一块儿，好好儿活，好好儿活……”

我总以为，普天下的妈妈都有两副面孔，当你一切安好的时候，她们是满足又絮叨的，然而，若你遭逢人生变故，她们又往往是一副小心翼翼的样子。

每次读到那句：“听说北海的菊花都开了，我推着你去走走”，我就会想起小时候的一件事。我家附近有一家游戏厅，我偷偷去过几次，被妈妈发现后好一顿教训。妈妈不懂引导式的教育，担心我沉溺其中无法自拔，所以一再严禁我去触碰。可我记得有一次暑假，我与伙伴闹别扭，被他们孤立了，在家里因无聊而坐立难安，妈妈默默拿出五元钱对我说，你要不要去游戏厅玩一会儿？

其实你看，就像我在开头说的，全天下的母亲都是差不多的。史铁生母亲所做的，其他母亲一样可以做到，就好像史铁生的母亲在他小时候阻止他出去玩，而当他再也无法出去玩后，母亲却一遍一遍低声下气地问：“北海的菊花开了，我推着你去看看吧。”

可能妈妈不能理解你的审美，反感你喜欢的音乐，恨不得剪碎你的“奇装异服”，甚至对你的口味也要说三道四。但是真的不要怀疑，作为一位母亲，她的超能力之一是一眼看穿你，甚至不用看，遥隔千里她都能感受到。她能看破你的狼狈、你的不堪、你的软弱和你的强颜欢笑。她只是不说而已，因为她懂，懂得你并不想被她看穿。

我长大后，人生难免经历一些磕磕绊绊。我开始尝试反思，甚至陷入深深的自我怀疑：我弄丢了我的爱人，所以我是不是一个及格的恋人？夜深人静，只能无聊独酌的时候我会想，也许我并不是称职的朋友？看着叛逆的孩子，我想，大概我是个失败的父亲吧？

我开始否定我浅薄的学历、低微的职位、寥寥的薪水。我问自己，我究竟做好了什么呢？思虑良久，我恍然，我质疑自己的每一个角色，却从没思考过，我到底是不是一个好儿子？但其实，这大概是我出演得最不合格的角色了。

说到底，不过是被偏爱得有恃无恐罢了。你明白，这个世界唯一和你共享过心跳的女人，永远也不会离开你，除了死亡，没什么能将她推开。

妈妈能看破我们，我们却好像从未直视过妈妈。史铁生好像也是如此。

可我却一直都不知道，她的病已经到了那步田地。后来妹妹告诉我，她常常肝疼得整宿整宿翻来覆去地睡不了觉。

母亲好像总习惯在孩子看不到的地方默默受难，这是母性使然。其实，这份爱何尝不是一份遗憾呢？史铁生对于母亲的愧疚，成为他往后时光中始终挥之不去的遗憾。

有时候，沉默的爱反而沉重。我曾看过这样一段话：“妈妈，我比你爱我更久一点，因为你从二十几岁才开始爱我，我从出生就开始爱你，你只能爱我五六十年，而我能爱你一辈子。”

其实，我希望母亲首先是自己，然后才是母亲，我不希望自己是包袱，是负担，是母亲糟糕生活的源头。

小时候，常听妈妈说“砸锅卖铁也要供你上大学”，或者是“为了你,妈妈可以放弃一切”。然而,这些并不是我想要的。我明白,这些话的本意是鼓励,是想让我们了解母爱是无价的。恰恰因为其无价，所以才是免费的，这种极致的爱需要这样的表达。

可是妈妈，我不该是你生活的全部啊。这世界美好的东西太多了，我当然希望我是你的美好，可我不愿成为你唯一的美好。

爱是一种无形的力,更是相互的力,我会因此背负负罪感。如果我不是为你而活，这种愧疚就会时时刻刻蔓延；如果你因为我而不快乐，那我就不配快乐。

我想你去看电影，去听歌，去跳舞，去旅游，去读书，去做任何能使你快乐的事情。这份快乐会传染给我。我是个普普通通的子女，我不介意我拥有普普通通的父母，我喜欢普普通通的快乐，但愿我没有让你们失望。

（二）

可惜，史铁生的遗憾再无法弥补。他最终鼓起勇气勇敢生活，没有让母亲失望，可母亲，没有看到。

> 那天我又独自坐在屋里，看着窗外的树叶“唰唰啦啦”地飘落。母亲进来了，挡在窗前：“北海的菊花开了，我推着你去看看吧。”她憔悴的脸上现出央求般的神色。“什么时候？”“你要是愿意，就明天？”她说。我的回答已经让她喜出望外了。“好吧，就明天。”我说。她高兴得一会儿坐下，一会儿站起：“那就赶紧准备准备。”“哎呀，烦不烦？几步路，有什么好准备的！”她也笑了，坐在我身边，絮絮叨叨地说着：“看完菊花，咱们就去‘仿膳’，你小时候最爱吃那儿的豌豆黄儿。还记得那回我带你去北海吗？你偏说那杨树花是毛毛虫，跑着，一脚踩扁一个……”她忽然不说了。对于“跑”和“踩”一类的字眼儿，她比我还敏感。她又悄悄地出去了。

史铁生凝望着飘落的树叶，一定觉得这很像自己凋零的生命。人生这条路长得好像没有尽头似的，可路上除了厚厚的落叶，再无生机。走得累了却不能停歇，因为时间在推着你。当然，人生总会给你另外一种选择——**岔路口处有一处悬崖，可以直达生命的尽头，迈出去，便是解脱。**

我相信，史铁生曾无数次在悬崖处徘徊，甚至几乎要飞身跃下。幸好，母亲来了，挡在窗前，也挡在史铁生身前。如果坚强不能对抗厄运，那么爱总是有这个能力的。

大象无形，这世间万物若到了极致，最终都要归于“无”的，爱也是如此。爱到尽头没有歇斯底里，无须喋喋不休，沉默往往才是其归宿。无声，却振聋发聩。

史铁生在瘫痪的最初几年里，经常发了疯一样离开家，去往地坛，回家后又魔怔一般闭嘴不言。母亲却从不开口多问，因为她不敢，更不曾开口要求与史铁生同去。这样一位母亲能做什么呢？只能是无言地帮儿子整理好轮椅，然后目送儿子离开。

我曾无数次揣测，这位母亲看着儿子的背影，该是怎样复杂的心情啊！可是逐渐地，我明白了，一点也不复杂，那时，史铁生的母亲只有一种情绪，就是恐惧，只有一个想法，就是希望自己的儿子好好活着，千万不要想不开。

有一次史铁生离开家后，因琐事又摇车折返，看到院里的妈妈仍站在原地，还是送他离开时的姿势。当史铁生在地坛里沉浸于绝望的情绪中时，他的母亲依然会几次三番地偷偷去寻找他。一个母亲能想什么呢？她只想看到儿子还活着，并且好好活着。就是这样简单的要求，母亲却深深懂得，对于儿子已经是天大的难题。史铁生也是后来才明白：“她是怎样心神不定、坐卧难宁，兼着痛苦与惊恐与一个母亲最低限度的祈求。”

史铁生总是藏起来不想被母亲找到，他故意躲在什么地方，看着母亲在他经常停留的地方一处处寻找。史铁生看到母亲的脚步“步履茫然又急迫”，但我想一定也夹杂着恐惧与虚浮。

史铁生不清楚自己为什么要躲着母亲，他觉得可能是出于长大了的男孩子的倔强或羞涩。其实这未必不是一种逃避。爱本就是甜蜜的负担，可眼下的自己却无力承担，索性卸下这枷锁，以获取片刻的孤独。后来，史铁生在地坛碰到一位老太太。史铁生已经不记得她，老太太却对他印象深刻。她说：“你不记得我，我可记得你。有一回你母亲来这儿找你，她问我您看没看见一个摇轮椅的孩子……”

这也是史铁生多年后的意难平。他说：“但这倔只留给我痛悔，丝毫也没有骄傲。我真想告诫所有长大了的男孩子，千万不要跟母亲来这套倔强，羞涩就更不必，我已经懂了，可我已经来不及了。”

的确来不及了。

她出去了，就再也没回来。

就这么简简单单十个字而已，天知道史铁生呆坐多久才忍心落笔？

妈妈，是你说要推着我去看北海的菊花啊，我也终于想尝试着和你一起去对抗这命运的不公，可你怎么又扔下我一个人孤零零的呢？

有些遗憾，哪怕耗尽余生也难以弥补，那是一辈子的意难平。

邻居们把她抬上车时，她还在大口大口地吐着鲜血。我没想到她已经病成那样。看着三轮车远去，也绝没有想到那竟是永远的诀别。

邻居的小伙子背着我去看她的时候，她正艰难地呼吸着，像她那一生艰难的生活。别人告诉我，她昏迷前的最后一句话是："我那个有病的儿子和我那个还未成年的女儿……"

我觉得史铁生的母亲大概知道，自己这次昏迷后，大概再也醒不来了，所以最后一句话说出的也是放不下的牵绊。

母亲在重症病房内，依旧絮叨着叮嘱史铁生那尚在初中的妹妹史岚，要她照顾好哥哥。

我真的无法想象，史铁生的母亲有多么不甘。这位世上最苦的母亲想要的一点儿也不多，她就想看着有病的儿子活下去，陪着那未成年的女儿长大成人。吝啬的上帝却偏偏没给她这个机会。

史铁生终于去北海看了菊花，只是陪伴的人由母亲变成了妹妹。

> 又是秋天，妹妹推我去北海看了菊花。黄色的花淡雅，白色的花高洁，紫红色的花热烈而深沉，泼泼洒洒，秋风中正开得烂漫。我懂得母亲没有说完的话。妹妹也懂。我俩在一块儿，要好好儿活……

有一部韩国电视剧《请回答 1988》，里面有这样一句话："听说神无法无处不在，所以创造了妈妈。"

"妈妈"这两个字，到底承载了什么呢？其实，单就一声"妈妈"，就已经足够锁住一个女人的大半生。所以，如果母亲还在，那就好好儿爱她；如果母亲不在了，那就好好儿活。

（三）

其实，文章写到这里已经足够，毕竟母亲是写不完的。我曾经写过一部短篇小说，是关于母亲的，很想放在此处：

那是在一场至亲的葬礼上。

天气阴沉沉的，很应景，是个适合送别的好天气。

所有人一脸肃穆，掩面哭泣，或者无声落泪。

我回顾着至亲的点滴，猛然意识到他彻底被这个世界磨灭了。巨大的悲意涌上，我不知如何表达这种情绪，于是放声大笑，不受控制地笑。

笑声如此不合时宜，人们纷纷侧目。我想忍住，便用力掐自己的大腿，没用，我又咬自己的舌头，同样没用。所以我只能捂住脸，只让人们看到我因为狂笑而抖动的身体。

妈妈跑过来，拉着我离开了。

从那之后，我不再参加葬礼，不敢了。

也是从那之后，我才发现，越是悲痛，我越难以抑制发笑。

医生说这种病很罕见，属于情感障碍的一种。

真讽刺，我必须时时压制我的悲凉，脸上永远是冷冰冰的，因为我怕心中的悲凉，而同时，我更讨厌自己的笑。

所以成长为一个孤僻的怪胎。

直到我遇到那个姑娘，她的笑让我难以自拔。

她跟我说，装酷过了头会变得让人厌烦。

她会扯住我的嘴角，强迫我咧开嘴笑。

她跟我说：“喂，我可是个小朋友，你冷冰冰的样子会吓到我。”

时光不紧不慢地过着。她开始约我去看电影。我高兴极了，终于发自内心地笑了。已经很多年没有这样的笑容了，久到我自己都忘了，笑原来是这样的感觉。

我是真没想到，她选了如此悲伤的电影。所有人潸然泪下，而我咬破了自己的手指，却还是难以自抑。

我不想吓到她，于是猛然起身逃离电影院，孤身一人跑到无人的街道，甚至来不及告别。我猜我们该结束了，于是我放声大笑，笑得自己直不起腰，不得不弯下身子，甚至开始呕吐。

一双手轻轻拍打我的后背，我回头，是她追了出来。她笑得真温柔啊！她说：“如果你觉得电影不好看，下次我们换部喜剧看。”

我再也控制不住，紧紧抱住她。

于是，她就成了我的姑娘。我告诉了她我这个奇怪的病，她笑嘻嘻地安慰我："只要不妨碍咱们吃饭喝水上厕所，这都不算个病。"

她的笑是如此治愈我。

我本以为我们可以结婚的，是的，本以为。

我去见了她的家人，并且没有隐瞒我的怪病。她的家人表示理解，没有任何大惊小怪，给予了我足够的尊重。可是后来我才知道，她的爸爸无论如何都不同意她嫁给我。她爸说我就是个精神病。所以我们分手了，迫不得已。这世间总有股说不清、道不明的力量牵扯着你，反正就是让你别扭着。

她嫁给了一个门当户对的小伙子。我不知道她爱不爱她的新郎，我只希望那位兄弟能照顾好她。

我参加了她的婚礼。那可是她的婚礼啊，我怎么可能不去？尽管台上的人不是我。

她和他站在台上，台下的亲戚朋友们鼓掌，吹口哨，叫好，真热闹啊！女人就该拥有这样的一个婚礼。

她穿婚纱的样子真好看，新郎也不错。我站在人群中，放声大笑。我觉得眼下这个情景真适合我，我终于可以肆无忌惮地笑了。

可能很久没有这样笑过了吧。她顺着笑声，看到了我。那一瞬间，我很清楚地看到她的鼻子抽动了一下，泪水顺着脸颊无声滴落。可是她笑了，她向着我努力地笑，使劲地笑，乐开了花。于是我笑得更大声了，两只手咧开嘴角，就像她以前对我做的那样。笑声中伴着司仪的声音：“大家看，新娘流下了幸福的泪水。”

她成为我人生中的一个插曲，就这么过去了。很多年以后，我的母亲病重，最后的时刻，医生让我带她回家。我笑着问医生：“还有多久？”

医生皱着眉，仿佛我的笑恶心到他，不想跟我多说半个字，只留下冷冰冰的两个字：“很快。”

回光返照是真的。回到了熟悉的家，妈妈居然难得地清醒了过来。我坐在床边，我们静静回忆着母子间独有的回忆。

“你还记得你小时候有一次，出去玩乱跑，很晚也不回家，妈妈找了你很久。好不容易找到了，我先给你屁股来了三巴掌。打完了你可给我心疼坏了，又抱着你哭。你这傻孩子，就知道嘿嘿傻笑。”妈妈说话开始吃力了。

“记得，现在屁股还疼呢。”我面无表情。

“你现在会做饭了是吧？”

“当然了。”

“冰箱里还有好多我给你做的饺子，一煮就能吃了。”

“好，我知道了。”

“换季的衣服我给你买了，在你卧室的衣柜里，今年你穿是够了。我怕我买的款式你们年轻人不喜欢，所以买得少，你自己记得买啊。”

“喜欢，你买的我都喜欢。”我紧咬着牙，努力不让自己笑出声，牙龈开始流血了。

“没关系的，笑吧……”

我再也抑制不住了，开始狂笑起来，根本停不住，笑得我喘不上气。

妈妈欣慰地笑着，闭上了眼。

妈妈的葬礼很简单，只有我一个人参加，冷清清的。我没有通知任何人，我不敢。

我看着照片里的妈妈，我知道，再也不会有人对我絮絮叨叨，嘘寒问暖，这个世界再也没有我的妈妈，再也没有人对我说“没关系，笑吧”了。

我泪流满面。

秋天的怀念

文 / 史铁生

双腿瘫痪后，我的脾气变得暴怒无常。望着望着天上北归的雁阵，我会突然把面前的玻璃砸碎；听着听着李谷一甜美的歌声，我会猛地把手边的东西摔向四周的墙壁。母亲就悄悄地躲出去，在我看不见的地方偷偷地听着我的动静。当一切恢复沉寂，她又悄悄地进来，眼边儿红红的，看着我。“听说北海的花都开了，我推着你去走走。”她总是这么说。母亲喜欢花，可自从我的腿瘫痪后，她侍弄的那些花都死了。“不，我不去！”我狠命地捶打这两条可恨的腿，喊着，“我可活什么劲儿！”母亲扑过来抓住我的手，忍住哭声说：“咱娘儿俩在一块儿，好好儿活，好好儿活……”

可我却一直都不知道，她的病已经到了那步田地。后来妹妹告诉我，她常常肝疼得整宿整宿翻来覆去地睡不了觉。

那天我又独自坐在屋里，看着窗外的树叶“唰唰啦啦”地飘落。母亲进来了，挡在窗前：“北海的菊花开了，我推着你去看看吧。”她憔悴的脸上现出央求般的神色。“什么时候？”“你要是愿意，就明天？”她说。我的回答已经让她喜出望外了。“好吧，就明天。”我说。她高兴得一会儿坐下，一会儿站起：“那就赶紧准备准备。”“哎呀，烦不烦？几步路，有什么好准备的！”她也笑了，坐在我身边，絮絮叨叨地说着：“看完菊花，咱们就去‘仿膳”'，你小时候最爱吃那儿的豌豆黄儿。还记得那回我带你去北海吗？你偏说那杨树花是毛毛虫，跑着，一脚踩扁一个……”她忽然不说了。对于“跑”和“踩”一类的字眼儿，她比我还敏感。她又悄悄地出去了。

她出去了，就再也没回来。

邻居们把她抬上车时，她还在大口大口地吐着鲜血。我没想到她已经病成那样。看着三轮车远去，也绝没有想到那竟是永远的诀别。

邻居的小伙子背着我去看她的时候，她正艰难地呼吸着，像她那一生艰难的生活。别人告诉我，她昏迷前的最后一句话是：“我那个有病的儿子和我那个还未成年的女儿……”

又是秋天，妹妹推我去北海看了菊花。黄色的花淡雅，白色的花高洁，紫红色的花热烈而深沉，泼泼洒洒，秋风中正开得烂漫。我懂得母亲没有说完的话。妹妹也懂。我俩在一块儿，要好好儿活……

选自人教版《语文》七年级（上）册

《背影》

父爱如山，

高大而深沉

“没有人是天生的父母，

每个人却都是天生的子女。”

(一)

《背影》这篇课文，我只模糊记得是初中时候所学，那时通篇读下来并没什么特别的感觉。可是很多年以后，当我重拾这些文字，又有种若有所思的感动，不知道岁月的洗礼是否让我读懂了这篇《背影》，但我想，我开始读懂我的父亲了。

其实，人生不过流放一场，如果说在你的整个生命里，有人心甘情愿、亦步亦趋地跟在你身后。你只要回头，甚至不必开口，一个眼神就能向他们无度地索取，那些人，只会是父母。

如此奢侈的情感，却一直用着最朴素的方式表达，就像空气，难以察觉，却横亘在你与死亡之间，护你周全。

也正因其朴素，这种爱最不易被察觉，往往会被我们忽略在各种各样的细节中。然而，当某个瞬间触动到你的时候，那种情感会如滔天巨浪般把你覆盖。

《背影》就是如此，不经意间的眼泪，最为动人。

> 我与父亲不相见已二年余了，我最不能忘记的是他的背影。
>
> 那年冬天，祖母死了，父亲的差使也交卸了，正是祸不单行的日子。我从北京到徐州，打算跟着父亲奔丧回家。到徐州见着父亲，看见满院狼藉的东西，又想起祖母，不禁簌簌地流下眼泪。父亲说："事已如此，不必难过，好在天无绝人之路！"

这篇文章的开头其实隐藏着朱自清和他父亲一些生疏、矛盾。《背影》中的车站送别，发生在1917年，而这篇文章完成于1925年。朱自清足足用了八年的时间，才肯回忆起父亲那零落的背影。

朱自清的父亲朱鸿钧是个读书人，时任徐州烟酒公卖局局长。这个职位是个油水颇足的肥缺。世间的男人大抵如此，有了钱，朱鸿钧便在徐州纳了一房姨太太。身在宝应老家的另一位姨太太知道了，不辞辛苦地跑到徐州大闹了一通。其实在那个年代，这本不是万死难辞其咎的罪过，但我猜朱鸿钧大概是根基不牢，又或是这个职位太过令人眼红。总之借着这出闹剧，又牵扯出朱鸿钧挪用公款的纰漏，于是不得不"交卸了差使"。

而朱母，也就是朱自清的祖母，被气得一病不起，于当年冬天就饮恨而终了。

这么看来，十九岁的朱自清怨恨自己的父亲也无可厚非。

1920 年，朱自清毕业，在扬州谋了一份教职，而父亲朱鸿钧却因私生活不检点，导致人生的高光时刻在徐州戛然而止。而后他一蹶不振，老境也甚是颓然。一个要强的男人落得如此境地，性情自然会发生变化。他不满足于朱自清只上交一半薪水，学着自己老家那位姨太太的路数，亲自跑到朱自清任教的学校闹了一通，索要朱自清全部的月薪。

不止如此，厌屋及乌，朱鸿钧对朱自清的妻子也是横眉冷对。于是，朱自清搬出家门，和妻子定居在杭州，摆出一副和父亲“老死不相往来”的架势。

不过，血亲间的牵挂哪里是说断就断的，中间朱自清也曾两次归家探望父亲，但顽固的朱鸿钧想必没给他好脸色，父子二人便真的断了来往。

直到 1925 年，朱自清收到一封来自父亲的家书，也就是文中提到的“我身体平安，唯膀子疼痛厉害，举箸提笔，诸多不便，大约大去之期不远矣”。

四年了，父亲终于躬下身子向儿子示好，不过总归是透着难免的倔强。朱鸿钧想说的是，我大概时日无多了，临死之前还是想见见你的。不过请求儿子实在难开口，天下哪有老子求儿子的事情？至于来不来,你自己决定好了。不过你该知道的，我很想见见你。

朱自清放下信，这才想起，奔波了太久，自己真的很久没回家了。

由此，才有了这篇《背影》。

你我不过是作壁上观，用如今的眼光去评判那个时代的是非对错总归有些许不妥。朱鸿钧认定“父为子纲”已经流传千年,不该是错的。朱自清接受的新式教育则将其视为封建糟粕。在那个年代，朱鸿钧和朱自清不过是千千万万对父子的缩影罢了。这世间哪有分明的对错？答案早已被时间的洪流所碾碎。

其实长大后再读《背影》，有个问题一直萦绕在我的脑海——为何是“背影”？整整八年后，为何只有“背影”？

直到明白了其中的原委，我才恍然 :这八年间，关于父亲，除了站台上那个背影，朱自清大概再无可写。

又或者，父亲爱得倔强又顽固，只无意间留下一个背影，让儿子感受到浓烈的爱意。

其实也好理解，中国人的父爱，都是善于隐藏的，爱得不动声色。父亲们认为，粉饰后的爱已经不纯粹了，更没必要让这份爱成为孩子的负担。

遗憾的是，感受这份爱太需要时间的沉淀了。年轻的我们对此无动于衷，长大后的某天回味过来，能做的可能已经不多了。

我们忙着赶路，忙着长大，忙着证明自己，忙到以为这世间最伟大的爱是理所应当的。

年少的朱自清也不外乎做此想。

(二)

回家变卖典质，父亲还了亏空；又借钱办了丧事。这些日子，家中光景很是惨淡，一半为了丧事，一半为了父亲赋闲。丧事完毕，父亲要到南京谋事，我也要回北京念书，我们便同行。

到南京时，有朋友约去游逛，勾留了一日；第二日上午便须渡江到浦口，下午上车北去。父亲因为事忙，本已说定不送我，叫旅馆里一个熟识的茶房陪我同去。他再三嘱咐茶房，甚是仔细。但他终于不放心，怕茶房不妥帖；颇踌躇了一会。其实我那年已二十岁，北京已来往过两三次，是没有什么要紧的了。他踌躇了一会，终于决定还是自己送我去。我再三劝他不必去；他只说："不要紧，他们去不好！"

这一段，朱自清写出了家道中落下的父亲，家中惨淡的光景一半来源于经济压力，一半源自亲人的离世。人们都说福无双至，祸不单行，世事好像历来如此。那时还没有“中年危机”一说，不过显然朱鸿钧正面临着人生中极大的困境。

可以想见，父亲朱鸿钧承受着怎样的压力，想来父亲隐藏着不少心酸和勉强吧。

父亲向来不愿对儿子提及自己的难处，这是大部分男人最后的倔强，不是要强那么简单。大概父亲自己也明白的吧，自己不过是个泯然于众人的庸常之辈，却是孩子心中全能的守护者。父亲终其一生都在小心翼翼地维护着这个形象。他可以在外面低三下四，弯腰拾起地上被踩碎的尊严，可回到家，依然会笑着告诉孩子，一切都还好。

父亲要去南京重新谋个差事，自己要从南京坐车回北京继续学业，第二天就要出发，本来约定不用相送，只是托了个熟识的茶房陪着。朱自清也觉得轻车熟路的旅程，自己满能应付得来，可父亲再三思索终是觉得不妥，只是说：“他们去不好。”

读到这里的时候，我不自觉地想起我的父亲。

十八岁那年，我第一次离家去外地上学，其实心里是焦虑和惶恐的，所以希望父亲可以陪我一同去。

不过我没有同父亲讲，只是试探着询问：“我怎么去呢？”

父亲说：“这么大的小伙子了，自己去不了吗？”

“那么多行李呢。”

“到时候再说吧。”爸爸的回答波澜不惊。

依照父亲的性格，“到时候再说”就是否定的应答了，我颇有些失望。

当然，最终父亲也没有送我，可是后来妈妈告诉我，那段日子里，父亲经过我那空置的卧房时，总会顿足在门口，沉默上一会儿。

我敢打赌，每个人都能清晰记得自己第一次离家远游的场景。那代表着一种剥离，代表着你已经成长为一个足以独立的个体。对此，谁都渴望一个足够有仪式感的送别。可父亲就总会给人一种不在意的感觉，这种感觉充斥着我和父亲的每一次分别。

很久以来，我是不理解的，父亲并不算沉默寡言的人，可是分别前的叮嘱就会变得很敷衍。直到我为人父后才明白，其实那不该称之为“敷衍”，而是一种凝重。

天下间的父爱惯于凝而不发，十分爱意偏偏只表三分，他们很难准确地分清“爱意”和“矫情”这两者间的区别。庆幸的是，这并不妨碍他们爱你；遗憾的是，感受这份爱又太需要时间的沉淀。爱虽无声，却于平地处起惊雷，振聋发聩。

朱自清和父亲的送别仍在继续。

他给我拣定了靠车门的一张椅子；我将他给我做的紫毛大衣铺好座位。他嘱我路上小心，夜里要警醒些，不要受凉。又嘱托茶房好好照应我。我心里暗笑他的迂；他们只认得钱，托他们只是白托！而且我这样大年纪的人，难道还不能料理自己么？唉，我现在想想，那时真是太聪明了！

当你意识到父亲的平凡，说明你已经开始懵懂；当你意识到父亲的不平凡，那你已经长大了。

每个人在长大的过程中，总免不得有一段这样轻视父亲的体验。人们都说，父爱如山，母爱如水，可人总要经历一段看山不是山、看水不是水的年纪。这是成长的必修课。我们欢呼雀跃地奔向未来，殊不知正在遗失去而不返的美好，也被叛逆蒙蔽了双眼。人总是要到了一定的年纪才会仔细观察父母。因为你要体验他们曾体验过的人生，要品尝他们曾咽下的苦楚，要品味他们曾当作笑谈的辛酸。然后，当你恍然的时候，那份爱意或许会如同一阵微风，暖软地拂过你的眼角眉梢，或许会化作凛冽的寒雨，铺天盖地浇在你的心头。

其实，这世上大部分父亲是碌碌无为的。可男人一旦进入父亲的角色，那他要承受的就不再仅是碌碌无为，还要时刻隐藏自己的不堪与失败。他们在孩子看不到的地方被命运折磨得灰头土脸，然后挣扎着起身，甚至来不及舔舐伤口，便整理好衣冠，收拾一下自己的窝囊，推开家门，佯装着一副体面的样子。

你也许不满父亲的庸碌，但你一定不曾见过他的少年意气。他也曾是个渴望“弓背霞明剑照霜，秋风走马出咸阳”的豪情儿郎，和你一样憧憬着未来。只是你出现了，于是，你成了他的未来。如果你觉得他没有给过你什么，那你一定错了，他早已把什么都给你了。

我很喜欢一首歌叫作《父亲的散文诗》，结尾处的歌词很美妙——这是我父亲日记里的文字，这是他的生命留下来的散文诗，几十年后，我看着泪流不止，可我的父亲已经老得像一张旧报纸，那上面的故事，就是一辈子。

是啊，其实“父亲”两个字，就已经是很多男人的半生了。

当你回忆起你的父亲，你将用怎样的词语去形容他呢？我想大概是要强、倔强、冷硬，甚至是自以为是。身为子女者，其实很难立体地去评价自己的父亲。因为于你而言，他已经是一个身份，一张脸谱。你也许会看不上这个身份，也许瞧不起这张脸谱，可你该明白的，这已经是他们用尽力气的半生了。

年轻的我们，太仓促地蹚过那些时光，太急切地想要窥探未来，想要光耀的学历，想要体面的地位，想要意气风发地站在众人面前，于是，对父亲生命中一个个庸碌的晨昏视而不见。

你不会晓得，父亲的每个朝暮里，都充斥着你的影子。

所以我们不该太过奢求的，小时候的我们总以为父亲是无所不能的。他可以修好所有的玩具,可以轻易把我们举过头顶，可以打败世上所有的魑魅魍魉，简直是全知全能的了。你想要成为父亲那样的男人，你会不自觉地学着父亲的样子，像他那样说话、走路。

我们长大了一些，独立意识的觉醒让父亲开始显露他的威严，于是你逐渐疏远他，而父亲，似乎也不再像小时候那般亲热，双方在以一种难以察觉的节奏慢慢远离。你觉得父亲不再是巍峨的山川，更像是一块沉默冷硬的石，你会开始对抗，去拒绝强加在你身上的种种期冀。你对父亲开始萌生恐惧或者愤怒的情绪。而这份对抗，无法避免，因为这恰恰是成长的一部分，你需要剥离出独立的灵魂去理解这个世界。而父亲，不得不扮演那个被剥离的对象。

我们再长大一些，并且自以为是长大了。你看过很多书，走过很多路，见识更多的人，也许依然迷茫，间歇焦虑，但未来正在逐渐清晰。你开始觉得，对于生活，原来父亲同样茫然。生性热爱自由的你，与父亲开始产生分歧，渴望摆脱他的说教。你们甚至很难再静静地坐在一起看完一个电视节目，就像你小时候父亲陪你看完一部动画片那样。因为你们会因为对电视节目的不同看法而发生辩论，谁也无法说服对方。

你还在长大，这次是真正长大了，或者说是成熟了，可能已经为人父。你觉得父亲好像并不如你印象中那般强大，你开始懂得父亲的感受，也同样有了父亲曾有过的困惑。于是你不自觉观察父亲，看到他的身形开始佝偻，鬓间已有银丝，皱纹居然已经那么深了。此刻的你不必再像小时候那样刻意去模仿父亲，因为你已经成为他。你们甚至可以坐在一起把酒言欢，再也不见过去的争辩，就像许久未见的老朋友那样。时间的错过总是如此。当一个人开始尝试着接受父亲，大概他已经有了一个抗拒自己的孩子。就像当下人们常说的，模仿他，成为他，超越他。

接下来，已经不能再称之为长大了，因为你已经开始变老。父亲这时候意识到了，你是他来过这个世界最重要的证明。你们可能已经彻底和解，也可能维持着一份疏离的关系，不过这已经不重要。起码你们都容纳了对方。爱的方式不再那么重要，因为爱就是爱。

（三）

接下来，便是这篇《背影》的高光时刻了：

我说道："爸爸，你走吧。"他往车外看了看说："我买几个橘子去。你就在此地，不要走动。”我看那边月台的栅栏外有几个卖东西的等着顾客。走到那边月台，须穿过铁道，须跳下去又爬上去。父亲是一个胖子，走过去自然要费事些。我本来要去的，他不肯，只好让他去。我看见他戴着黑布小帽，穿着黑布大马褂，深青布棉袍，蹒跚地走到铁道边，慢慢探身下去，尚不大难。可是他穿过铁道，要爬上那边月台，就不容易了。他用两手攀着上面，两脚再向上缩；他肥胖的身子向左微倾，显出努力的样子，这时我看见他的背影，我的泪很快地流下来了。我赶紧拭干了泪。怕他看见，也怕别人看见。我再向外看时，他已抱了朱红的橘子往回走了。过铁道时，他先将橘子散放在地上，自己慢慢爬下，再抱起橘子走。到这边时，我赶紧去搀他。他和我走到车上，将橘子一股脑儿放在我的皮大衣上。于是扑扑衣上的泥土，心里很轻松似的。过一会说：“我走了，到那边来信！”我望着他走出去。他走了几步，回过头看见我，说：“进去吧，里边没人。”等他的背影混入来来往往的人里，再找不着了，我便进来坐下，我的眼泪又来了。

父亲穿过铁路，去对面的站台给儿子买橘子，这对一个年迈体胖的中年男人来说，是颇具挑战的。

或许朱自清在那一刻才意识到，父亲的诸多光环不过是来源于这两个字而已。那是角色的光环，绝非眼前这个男人的光环。原来父亲攀上栅栏也是一副吃力的样子，原来父亲翻跨月台也会略显蠢笨，原来父亲面对分别，也得故作轻松去掩盖些什么。

或许朱自清自己也没意识到，他看到的不是背影，而是父亲在生活中辗转腾挪的艰难。

解读这篇文章，这里本该是大书特书的一段，可有太多名家对此做了解读，我也无须赘述的必要。

我想说的是，随着自己慢慢长大，感知更敏锐了一些，再读《背影》，始终隐约觉得哪里不对。回看文中开头的那句："我与父亲不相见已二年余了，我最不能忘记的是他的背影"，心中就有了些不同的计较。

首先，"不相见"与"不见"，其中的差别是很值得玩味的。若是说"不见"，想必是因为一些无常世事导致父子别离，而"不相见"则多了些因赌气而分道扬镳的意味。

联想到朱自清与朱鸿均间的父子恩怨，也就不奇怪了。先是父亲的一意孤行导致家破人亡的惨地，而后专横跋扈的父亲又处处节制朱自清，甚至为了拿到朱自清的月俸而闹到他任教的学校，让朱自清颜面扫地。

还有朱自清的发妻武钟谦，本是出身名门的闺秀，她看到朱自清家道中落，以致祖母入殓的事宜都捉襟见肘，非但没有嫌弃，反而典当了带来的嫁妆以供朱自清读书。

看到这里，想必男同胞心中都要慨叹一声“得妻如此，夫复何求”，而失意颓然的朱鸿均对儿媳则是几近刻薄。武钟谦本是个爱笑的姑娘，可朱鸿均似乎极厌恶笑容，每每见到便要羞辱一番，而深谙三从四德的武钟谦从不辩解，心头压抑久了，终至郁郁而亡。这段往事也被朱自清落笔在《笑的历史》这篇小说中。

诸多恩怨掺杂在一起，父子决裂就算不得意料之外的事情。

其次，朱自清说，我最不能忘记的是他的背影，为何独独是背影？

莫说父子之间，即便是朋友，说起最不能忘记的，总也逃不出“音容笑貌”四字，可父亲之于朱自清，却只有那个略显狼狈的背影而已。我想不通，难道只有那个背影，才给了朱自清一份久违的暖意？

最后则是橘子，对于文中传达出的感动，橘子似乎过于单薄了。

爱是种纯粹的感觉，不同于物质。人们往往会付出成倍的物质去弥补童年的亏欠，而对于爱，其实只要一点点，就能救赎干涸的灵魂。

所以我想，朱自清是被感动了吗？不一定，也许还掺杂着些许的释然在里面吧，就像在某个瞬间，很久很久的怨恨忽地就放下了。至于原因呢？可能是那份小心翼翼得讨好，可能是那份难以察觉的歉意，只不过对朱自清来说，是几个再普通不过的橘子而已。

儿子从父亲的背影中看到了自己，而父亲，终有一天也会明白，儿子其实也是自己在这世界存在过的印记。

所以《背影》描写的并非纯粹的父爱，而是多面的父爱。朱自清盯着父亲的背影，在短短几分钟里屏蔽掉了爱之外的种种感受，剩下的只有来自血缘的缠绕和潜意识中对父亲的依恋。

其实，还存在一种被大家忽略的可能，那就是朱自清在落笔那一刻，所有的情绪都是真的。那份对于父爱的感慨也没有掺杂任何别的东西。至于情绪之后他的心境如何，我们不得而知，更不必追问，没必要非去撕扯出个究竟。“感情”二字最是微妙，迷蒙之下未必不是更美。

（四）

近几年来，父亲和我都是东奔西走，家中光景是

一日不如一日。他少年出外谋生，独立支持，做了许多大事。哪知老境却如此颓唐！他触目伤怀，自然情不能自已。情郁于中，自然要发之于外；家庭琐屑便往往触他之怒。他待我渐渐不同往日。但最近两年的不见，他终于忘却我的不好，只是惦记着我，惦记着我的儿子。我北来后，他写了一信给我，信中说道："我身体平安，唯膀子疼痛厉害，举箸提笔，诸多不便，大约大去之期不远矣。"我读

到此处，在晶莹的泪光中，又看见那肥胖的、青布棉袍黑布马褂的背影。唉！我不知何时再能与他相见！

字里行间不难看出，父子二人终是和解了，或者说，二人都否定了原本的自己。

朱鸿钧老了，恍然明白，叛逆的儿子也许并非全然是错的。时光匆匆，回首过往，与身在其中竟是两幅景象。很多事情，仅仅是不同而已，并不一定要分个对错的。

朱自清长大了。在某个瞬间，他猛地发现这个自己厌恶了半辈子的父亲，在不经意间展现的那份鲁钝的爱竟如此真挚。原来荒唐如斯的父亲，老来也躲不过沾染几分卑微。

其实，爱一个人比恨一个人容易太多了，爱只会因为转移

而消失，恨则需要不时督促自己。日子久了，人们大都会取一个中间的状态，那就是漠然，直到某天，爱或恨，重新占领你心头的高地。

人性本就复杂，纠缠半生的父子恩怨，家庭爱恨，岂是区区千字能说清楚的？想来朱自清自己也不甚了然吧。爱也好，恨也罢，我相信，当他回想起父亲的时候，想必那背影会带着些和煦的暖意和酸涩的橘子味道。

背影

文 / 朱自清

我与父亲不相见已二年余了，我最不能忘记的是他的背影。

那年冬天，祖母死了，父亲的差使也交卸了，正是祸不单行的日子。我从北京到徐州，打算跟着父亲奔丧回家。到徐州见着父亲，看见满院狼藉的东西，又想起祖母，不禁簌簌地流下眼泪。父亲说："事已如此，不必难过，好在天无绝人之路！"

回家变卖典质，父亲还了亏空；又借钱办了丧事。这些日子，家中光景很是惨淡，一半为了丧事，一半为了父亲赋闲。丧事完毕，父亲要到南京谋事，我也要回北京念书，我们便同行。

到南京时，有朋友约去游逛，勾留了一日；第二日上午便须渡江到浦口，下午上车北去。父亲因为事忙，本已说定不送我，叫旅馆里一个熟识的茶房陪我同去。他再三嘱咐茶房，甚是仔细。但他终于不放心，怕茶房不妥帖；颇踌躇了一会。其实我那年已二十岁，北京已来往过两三次，是没有什么要紧的了。他踌躇了一会，终于决定还是自己送我去。我再三劝他不必去；他只说："不要紧，他们去不好！"

我们过了江，进了车站。我买票，他忙着照看行李。行李太多了，得向脚夫行些小费才可过去。他便又忙着和他们讲价钱。我那时真是聪明过分，总觉他说话不大漂亮，非自己插嘴不可，但他终于讲定了价钱；就送我上车。他给我拣定了靠车门的一张椅子；我将他给我做的紫毛大衣铺好座位。他嘱我路上小心，夜里要警醒些，不要受凉。又嘱托茶房好好照应我。我心里暗笑他的迂；他们只认得钱，托他们只是白托！而且我这样大年纪的人，难道还不能料理自己么？唉，我现在想想，那时真是太聪明了！

我说道："爸爸，你走吧。"他往车外看了看说："我买几个橘子去。你就在此地，不要走动。"我看那边月台的栅栏外有几个卖东西的等着顾客。走到那边月台，须穿过铁道，须跳下去又爬上去。父亲是一个胖子，走过去自然要费事些。我本来要去的，他不肯，只好让他去。我看见他戴着黑布小帽，穿着黑布大马褂，深青布棉袍，蹒跚地走到铁道边，慢慢探身下去，尚不大难。可是他穿过铁道，要爬上那边月台，就不容易了。他用两手攀着上面，两脚再向上缩；他肥胖的身子向左微倾，显出努力的样子，这时我看见他的背影，我的泪很快地流下来了。我赶紧拭干了泪。怕他看见，也怕别人看见。我再向外看时，他已抱了朱红的橘子往回走了。过铁道时，他先将橘子散放在地上，自己慢慢爬下，再抱起橘子走。到这边时，我赶紧去搀他。他和我走到车上，将橘子一股脑儿放在我的皮大衣上。于是扑扑衣上的泥土，心里很轻松似的。过一会说：“我走了，到那边来信！”我望着他走出去。他走了几步，回过头看见我，说：“进去吧，里边没人。”等他的背影混入来来往往的人里，再找不着了，我便进来坐下，我的眼泪又来了。

近几年来，父亲和我都是东奔西走，家中光景是一日不如一日。他少年出外谋生，独立支持，做了许多大事。哪知老境却如此颓唐！他触目伤怀，自然情不能自已。情郁于中，自然要发之于外；家庭琐屑便往往触他之怒。他待我渐渐不同往日。但最近两年的不见，他终于忘却我的不好，只是惦记着我，惦记着我的儿子。我北来后，他写了一信给我，信中说道：“我身体平安，唯膀子疼痛厉害，举箸提笔，诸多不便，大约大去之期不远矣。”我读到此处，在晶莹的泪光中，又看见那肥胖的、青布棉袍黑布马褂的背影。唉！我不知何时再能与他相见！

选自人教版《语文》八年级（上）

《和时间赛跑》

亲爱的小孩，

你跑赢过太阳吗

“所有时间里的事物，
都永远不会回来了。
你的昨天过去了，
它就永远变成昨天，
你再也不能回到昨天了。”

(一)

这是一篇容易被遗忘的课文，虽然它的名字是《和时间赛跑》。可当我发现身边的人几乎都将其遗忘的时候，不禁若有所思，原来和时间赛跑，你甚至无法看到它的背影。时间是一场大到令人发指的雪，大到能掩盖一切存在过的痕迹，包括赛跑时的脚印。

全文不长，小时候第一次读到，并没什么感触，但是在这之后很久的一段时间里，我依然惯用“光阴似箭，日月如梭”来形容时光飞逝。

我想，人怎么可能跑在时间前面呢？因为时间本身就是一条跑道啊，你可以在上面溜达，也可以在上面飞奔，如果你高兴，甚至可以在上面爬行，但是不能停。因为当你想要相对静止的时候，时间就会从一条跑道变成传送带，推着你身不由已地往前走。

幸运的是，这条路并不孤单。从你降生到这个世界的那一刻开始，你站在起跑线眺望，发现已经有无数前辈在缓缓移动。你也不知道为什么，就踏上了这条跑道，伴随着初生的啼哭和一种“虽千万人吾往矣”的悲壮。

走着走着你发现，你会超过一些人，也会被另一些超过，中途有人不停地退出，也有人不断加入进来。但你不要误以为他们是参赛选手，他们是“过客”。其中有人会跟你同行很久，但是别期望永远，时间会帮你把他踢出局。当然，时间也会帮别人踢你出局，只是你难以察觉罢了。

不过，好在时间也并非毫无馈赠。身高、体重、年龄、皱纹……这些都是你无法拒绝的奖品，就像逢年过节的时候，你对着拜访的亲戚朋友说：“来就来吧，还拿什么东西？”可这并不妨碍他们把礼物塞进你怀里。

寒暄一番后，客人离开，你打开礼物，看到里面有什么呢？是默不作声地长大，是怅然若失地成熟。回望一眼，发现自己原来已经走了那么长的路，你也不知道自己在踏出哪一步的时候长大了，也想不起来在哪个瞬间变得成熟。**时间的馈赠，总是让人后知后觉。**

（二）

我看过一部很有意思的奥斯卡短片，名字叫《苍蝇一分钟的生命》，很有些和时间赛跑的意味。

一只破卵而出的苍蝇对这个世界充满了好奇，也掺杂着一丝迷茫。然后很快，让它更迷茫的事情出现了：它发现自己的头上出现了一分钟的倒计时。它的大眼睛闪烁着茫然，没人告诉它这意味着什么。

很快，就有一位前辈现身说法了。一只匆忙的老苍蝇从它身边飞过，速度之快让它被惯性带动连转几圈。前辈一边飞一边对照着一张很长的人生清单，可见它尚有太多未竟的事业。不过来不及了，伴随着头上的倒计时归零，前辈一头栽倒在地上。小苍蝇这才恍然，自己的一生原来那么短。

小苍蝇从前辈手中接过那张人生清单时，便已了然：时不我待，必须尽快完成任务，因为倒计时已经只剩下五十九秒了，一瞬间，又成了五十八秒。

任务挺无聊的，不过对于一只苍蝇而言又好像是意义重大，比如，叮咬一只长鼻浣熊、醉酒一次、完成一次聚会、飞上最高的树、仰望丛林、鸟口脱险，再后来是恋爱、生子。总之，小苍蝇马不停蹄地，哦不，是蝇不停翅地完成着清单上一个又一个任务。它没有时间停下来思考自己为何要做这些，一张从前辈手里接过的清单就这样填满了它的人生。小苍蝇甚至没想过，如果不按照清单去活，自己的蝇生是否就会惨不忍睹？

小苍蝇哪有时间考虑这种假设？不过，不得不承认，整个过程堪称精彩，虽然是千篇一律的精彩。

工作接近尾声，可倒数第三和倒数第二的两个任务让小苍蝇犯了难：看星星和成名。青天白日之下，去哪里看星星呢？成名更不用说，一只苍蝇该如何成名呢？

时间还剩下四秒钟，最后一个任务是绝望，这个任务倒是容易完成，它现在就很绝望，因为倒计时只剩下一秒钟了。这时候，一滴松油滴落，包裹住小苍蝇，时间定格。夜色降临，小苍蝇就这样在松油里静静地看着夜空。它终于看到了星星，又一个任务完成了。至于成名，小苍蝇和松油融为一体，变成了很罕见的琥珀，被各路媒体竞相宣传。至此，任务清单全部完成。

这个短片让人们深思，我们究竟该怎样度过短暂的一生呢？我们何不摆脱那毫无意义的人生清单，洒脱随性，如风一般地飘过这人间呢？我们听到的人生教诲大部分是前辈的经验，可这所谓的经验究竟是正确，还是错误，你是无法验证的，甚至教诲的讲授者也很难说清。他只是告诉你，我就是那么做的，并且自我感觉还不错，但他永远无法告诉你，如果不这么做，人生将会是怎样一番景象。

这世间自然不乏勇者，视清单如无物。这种行为被视作“叛逆”或“反抗”。这就好比“顶风作案”，必然压力重重。然后他们又会跳出来对你说：“你看，这样生活是不是很累？”关于生活这件事，认知冲突是一定会存在的。长辈对晚辈充满偏见，晚辈对长辈保留成见，还有些人选择视而不见，大家对此的评价是“活得通透”。

不过人生这件事，就好比人性，经不起仔细琢磨。我转念想想，其实压力并非完全来自前辈，主要还是来自规则，就像是一台巨大的机器，每个环节都必须是既定的，如果某个零部件想要按照自己的喜好去运转，那势必遭到反噬。

其实，这个短片多少也带着点“鸡汤”的味道。短片中，小苍蝇的清单内容是围观鲸鱼、拯救一只昆虫、冲破蜘蛛网等，看起来不完成也无伤大雅。可我们的人生清单呢？上面往往是照顾病重的父母、抚育年幼的孩子、应对苛刻的老板。这哪里是人生清单呢？分明是人生问卷。你可以选择弃笔不答，分数却要扣在你最重要的人身上。谁又不是一边看头顶的倒计时，一边无奈地落笔呢？

所以我经常会想，究竟是我们在跟时间赛跑，还是时间在推着我们向前跑。有人说时间就是金钱，有人说时间就是生命，有人说时间是一剂良药，好像时间可以变成一切需要的东西。但是物理学告诉我们，时间根本不存在。所以何来跟时间赛跑呢？我们都只是在跟自己赛跑罢了。

(三)

人生到底是什么呢？活一分钟和活一百年的区别只在于短暂和长久吗？当我试着把“人生是什么”这个问题简单化，得到的答案是——人生不过是无数个瞬间的叠加而已。人生很简单，人才复杂，时间并不残忍，淡忘最是无奈。

作家林清玄提出一个问题：“什么是永远不会（再）回来呢？”

他的父亲回答说：“所有时间里的事物，都永远不会（再）回来。”

林清玄的父亲说的是，时间永远不会（再）回来了，至于时间里的那些人和事，他们永远不会（再）回来，只是时间的副作用而已。

为了治疗我的拖延症，我曾经希望自己养成好习惯，便将一本日历放在桌边。开始的时候，我记录下每天的工作内容，事无巨细，甚至包括每天喝多少水这样的细节都不放过。我以为，这样就可以跑在时间前面，后来却发觉，这样并不能赢过时间，因为这只能提醒我向前跑。所以我又制订了进阶版计划：每天早晨把需要完成的事情写在日历上，督促自己全部完成。于是，我有了属于自己的人生清单。坚持一段时间之后，我发现这个举动完美地诠释了什么是“理想很丰满，现实很骨感”，人生清单慢慢变成了废纸。我以为没有了这张清单，人生会变得停滞不前。可我发现自己又错了，每天该做的事情还是那么多，我依然按照一定的比例完成了这些事情。所以我开始怀疑，和时间赛跑究竟是不是一个伪命题？

人生就是这样，你不知道何时就陷入深刻的迷茫，然后你致力于找到问题的答案。大部分情况下，你都能得到一个答案。可能是自己悟出，可能是别人给予启发，总之你会得到一个答案。至于是对是错，你自己也无法确定。不过这并不重要。人生这张试卷，你给出的答案和正确的答案之间，界限永远模糊，模糊到若有似无。所以，得不到答案也无所谓。要相信，时间会给出答案。人才追求对错，人生只要结果。

关于“和时间赛跑”是否是一个伪命题，我给了自己一个颇具哲学思辨的答案——见仁见智。和时间赛跑的人，往往能够把事情做在前面，久而久之，他们好像真的跑到了时间前面，然后驻足等待时间赶超。时间的跑道还是那么长，可跑道的宽度被拓宽了。

反之，则是像我这样，不接受别人给的鸡汤，也不给自己打鸡血，就顺其自然地踱步前行，偶尔放慢速度欣赏暮色下的远山和烈日下的浮云，昏睡过整个伴着蝉鸣的夏日午后。我不想跟时间赛跑，只想享受过程，并不在意输赢。这种行径极容易被冠以“得过且过”或者“胸无大志”此类标签，但我更喜欢将其定义为“淡泊豁达”。其中是否存有自我安慰，或者美化惰性的成分，我一度不得而知。但是后来我明白了，什么事都讲究个境界，得过且过到一定成都就很接近淡泊名利了。不独如此,你还要对指责和嫌弃表现得漫不经心。这就很有“众人皆醉我独醒”的味道了。

(四)

我有两个朋友，他们就很符合以上两种人生态度，暂且称他们为小 A 和小 B。

小 A 从小就是典型的“别人家的孩子”，勤奋是围绕在他周身最耀眼的光环。课堂上，老师的提问他都能对答如流。因为据说他在幼儿园就养成了预习功课的好习惯，所以他总是遥遥领先于同班同学。暑假的时候，当我们还沉浸在肆意玩耍的愉快时，他已经早早地完成了冗长的暑假作业，穿梭在各个补习班和特长班中。总之，他先于同龄人完成各种人生任务，可以说每一步都跑在了时间的前面。

小 B 则是“我们家那孩子”的表率，考试成绩徘徊在及格线上下，作业能拖就拖，至于各类课外班一概不考虑，因为光是应付学校作业就已经很勉强了。在父母、学校等各方势力督促下，他也会临时抱佛脚。考试前夕秉灯夜读，他的成绩就会有小幅提升，等风声一过，小 B 依旧是老样子。

总之，如果一分钟能掰成两分钟用，小 A 会恨不得将其掰成四分钟，小 B 则一定会无视这一功能。

我自认介于小 A 和小 B 中间，总结起来就是小 A 的身子小 B 的命，空有和时间赛跑的雄心壮志，偏偏被拖延症拖了后腿，所以一直处于一种假装努力的状态。这就出现了比较尴尬的结果：看似付出了不少于小 A 的努力，实际得到的是小 B 的结果。这就导致那个阶段的我十分拧巴，想彻底蜕变成小 A，不具备那种天赋，完全堕落成小 B，又觉得良心不安。我就这么阶段性地努力，持续性地拖延着和时间赛跑。

我以为我会是三个人中最平庸的那个，可是多年后的相聚中，我发现小 A 和小 B 似乎也没什么太大的建树，泯然于众人。后来的小 A，终于厌倦了日复一日苦行僧式的生活。为了弥补亏欠下的童年时光，他逐渐沉迷于享乐。不过，这种情绪很微妙，他说：“其实我小时候很渴望看动画片，我每天要花很大的力气压制这种冲动。现在好了，长大了，我可以肆无忌惮地看，可我再也找不三岁那年的快乐了。”

我宽慰他：“还好，你还能尽情享受三十岁的快乐，比如你现在最爱的钓鱼、喝茶、盘串。”

他摇摇头：“不一样的，这种快乐不纯粹。”

我不理解：“不纯粹的快乐……就不快乐吗？”

他点点头：“人啊，用半生治愈童年，被年少之不可得牵绊。我真后悔没有珍惜时光。”

我被震惊到无以复加，如果小 A 算是“没有珍惜时光”，那我们甚至不配被称为“虚度人生”。

讽刺的是，小 B 也在遗憾自己没有珍惜时光，他说：“人到中年，不得不花费成倍的努力去弥补童年玩乐所浪费的事情。人啊，年少的历练躲过了，长大了还要被回炉重造。我现在啊，每天都在和时间赛跑。”

我静静地看着他们，脑中闪过一句话——屠龙少年终成恶龙。其实想想，我比他们更可悲，因为我从未与恶龙正面交锋。

所有时间里的事物，都永远不会再回来。时间里的快乐也一去不返。不公平的是，时间里的痛苦却会时不时地光顾。如果你回忆快乐的事情，很容易沉浸在一种“人无再少年”的惆怅中。但如果你想起很多年前的痛苦，则是难以释然，因为倘若你还能想起许久之前的痛苦，那势必是相当痛苦的。这份余震依旧可以轻易在你心中掀起波澜。当然，那份快乐也必然相当快乐，不过你很快就能反应过来，那份快乐不会再有了，就会一秒转变成痛苦。所以保持快乐是一件很难的事情，因为需要不断得到，而保持痛苦则不必，因为你本就在不断失去，时间会带走很多东西。

唐代诗人李涉曾写下《题鹤林寺僧舍》：

题鹤林寺僧舍

终日昏昏醉梦间，忽闻春尽强登山。

因过竹院逢僧话，偷得浮生半日闲。

又有汉乐府诗中的《长歌行》：

长歌行

青青园中葵，朝露待日晞。

阳春布德泽，万物生光辉。

常恐秋节至，焜黄华叶衰。

百川东到海，何时复西归？

少壮不努力，老大徒伤悲。

这两者看似矛盾，但我以为，能流传千百年自有其道理。所以在和时间赛跑这件事上，不妨信奉古人的中庸之道，或者粗略了解一下相对论。时间有时候是个漂亮姑娘或者帅哥，让你只觉相处结束得太快；有时候又会变成“丑妻恶妾”或者“渣男”，让你感到每一秒都无比漫长。所以无须将时间视作对手，因为你自己才是那个对手。人会成长，亦会堕落。时间这条赛道本就是进退有序，不过切忌在堕落中成长。

古代的先哲们好像很喜欢将时间比作河流。古希腊的哲学家赫拉克利特说：“人不能两次踏进同一条河流。”因为上一秒的河水已经流走，当你涉足其中，你只能得到当下的那条河。

孔子的感慨则是：“逝者如斯夫，不舍昼夜。”流水永不停歇，时间也是如此。抽刀断水水更流。我们抓不住这世间的美好，总寄希望于顺其自然。我们以为走出了那段日子，其实是时间放过了我们。

我总觉得，时间和命运是不可分割的。这世上遗憾千万种，人们往往执拗于在错误的时间遇到对的人，或者在对的时间遇到错的人，或者在对的时间遇到对的人却没能一直走下去。当然，如果是在错的时间遇到错的人，称之为遗憾就很勉强了。那是一场荒唐。

茨威格在《断头王后》中有一句很棒的话：“所有命运的馈赠，都在暗中标好了价格。”其实不仅于此，**命运的馈赠还会在时间的流逝中溢价，溢价的部分来自你无法再次拥有。**

（五）

你偶遇过少年时代的“白月光”吗？我有过。在毕业很多年后的某个夜晚。我出差到一座完全陌生的城市。城市欠些繁华，但不妨碍它的喧嚣。那是个清冷的冬夜，我身处一条小街，周身人来人往。和她目光碰撞的时候，仿佛整个世界都被隔绝了。

我们相遇时十八岁，再次相遇是十二年后，我有点不知所措但故作镇定。

我用了一个烂俗的开场白：“好久不见”。

她更多了一份从容，带着一点点惊讶，一点点惊喜，说：“居然在这里遇到你。”

我们就站在街道旁聊了一会儿。我觉得，她还是十八岁那年的样子，但我也清楚，一定不是。

好像十八岁这个年纪特别容易遇见一个惊艳余生的人。那种感觉就像一坛酒，随着时间的沉淀就愈加醇香，而你，只可小酌，不可痛饮，回忆里也满是微醺的味道。这酒好在哪儿呢？你也说不清，可能是酒精进入血液的感觉让人回味，余下的时光里很难再遇到相似的人，因为时间像一阵风，带起的扬尘会飘洒在酒中。杂质多了，就不纯粹了，酒不纯，则不醇。

那个时候的我们好像无所畏惧，因为深知未来有无限可能，所以敢肆无忌惮地挥霍青春。我会在放学前五分钟偷偷溜出教室，等在她必经之路上。大多数的时候，我都是倚靠在一棵银杏树后，树叶飘然落在头顶或者肩膀，也不想着拍掉，生怕错过夕阳余晖下那个身影。直到她出现在视野中，我闪身而出，制造一场拙劣的偶遇，再以顺路回家的拙劣借口，结伴而行一段路程。当然，如果彼时她身边已有同伴，我能得到的只是一个错身而过的瞬间，少年心性总也免不了那一丝羞涩。

我看到过一个概念叫作“六度分隔理论”，大意是通过六个人就可以找到任何你想找到的人，哪怕他在天涯海角。可我发现，费尽心思想找到近在咫尺的她却是一件很困难的事情，纵然人潮汹涌中过客千万，我还是觉得这世界空荡荡的。她好像一剪烛火，能一点点引燃这个世界，让我看清飘零的银杏树叶，听到雨丝沙沙地作响，闻到波斯菊淡雅的清香。那时的我从未意识到一种可能，这些是否只是一层滤镜，而滤镜的来源是时光？还是那个时光中的我？实际上，直到今天，我依然不得而知。

我躲藏的那棵银杏树见证了无数美好和最后一次遗憾，见证了我每次见到那个身影的心跳加速、星空下我们并肩的同行、我等待无果的黯然，还有点点星空下的痴想。直到有一天，我与她在那棵银杏树下不期而遇，而她的目的，是来等待另一个男孩，制造一场拙劣的偶遇。我一下就失去了银杏树和她。

她对我轻轻地笑，银杏叶伴着微风缓缓飘落，带着淡淡的哀怨，校服的裙摆摇曳，像她躲闪的目光。她嬉笑着催促我离开，我就像一名战败的逃兵，兵荒马乱地溃逃。很多年以后，我才悟出一个道理，我追求的是拥有，一直在做的却是陪伴，但陪伴这种事是讲供需的。在对方不需要的情况下，陪伴就是冒失地闯入别人的生活。这不是勇敢，而是不礼貌。

我以为久别重逢后必定有千言万语，我以为我会叫你的名字，问你这些年过得好不好？遇到了哪些人？经历了什么事？又爱上了怎样的男孩？是否还记得那棵银杏树？可时光仿佛回到了十二年前，世界又变得空荡荡了，十八岁那年的喜怒哀乐被时光洗练得毫无痕迹。遗憾总归是有几分，可遗憾不是一种情绪,平地掀起不起波澜。甚至在我们短暂对视的那一秒里，我感受到的只有仓促和尴尬。

实际上，我们也聊了一会儿，谈起各自的爱人、孩子、工作，就像久违的普通朋友那样。那一刻我释然了，我终于用一次相遇完成了正式的告别。

有些人，注定是要被定格在青春里的。大家莫名相逢，短暂相聚，然后天各一方，再用很长的时间去释怀。

有些东西，它就静静地躺在时光里，你永远不知道会在何时相遇，也许是下一秒，也许是下辈子。所以“白月光”的遗憾在于，必须是那个时候的她，还必须是那个时候的我。也许这就是时光的溢价。

我曾经很痴迷周星驰的电影《大话西游》，对那句脍炙人口的台词反复琢磨：“曾经有一份真挚的爱情摆在我的面前，我没有珍惜，等到失去的时候才追悔莫及，人世间最痛苦的事情莫过于此。如果上天能够给我一个重新来过的机会，我会对那个女孩子说三个字：我爱你。如果非要给这份爱加上一个期限，我希望是，一万年。”

我在很长的一段时间里沉溺于其中的浪漫，后来却生出一丝怀疑，真的有人会爱另一个人一万年吗？如果有，那么这份爱，是否就算跑赢了时间呢？好在我想通了，人当然无法存在一万年，但是爱可以。

我终于想到了跑赢时间的唯一办法——接力赛。

和时间赛跑

文 / 林清玄

读小学的时候，我的外祖母去世了。外祖母生前最疼爱我。我无法排除自己的忧伤，每天在学校的操场上一圈一圈地跑着，跑得累倒在地上，扑在草坪上痛哭。

那哀痛的日子持续了很久，爸爸妈妈也不知道如何安慰我。他们知道与其欺骗我说外祖母睡着了，还不如对我说实话：外祖母永远不会回来了。

“什么是永远不会回来了呢？”我问。

“所有时间里的事物，都永远不会回来了。你的昨天过去了，它就永远变成昨天，你再也不能回到昨天了。爸爸以前和你一样小，现在再也不能回到你这么小的童年了。有一天你会长大，你也会像外祖母一样老，有一天你度过了你的所有时间，也会像外祖母永远不能回来了。”爸爸说。

爸爸等于给我说了一个谜，这个谜比“一寸光阴一寸金，寸金难买寸光阴”还让我感到可怕，比“光阴似箭，日月如梭”

更让我有一种说不出的滋味。

以后，我每天放学回家，在庭院时看着太阳一寸一寸地沉进了山头，就知道一天真的过完了。虽然明天还会有新的太阳，但永远不会有今天的太阳了。

我看到鸟儿飞到天空，它们飞得多快呀。明天它们再飞过同样的路线，也永远不是今天了。或许明天飞过这条路线的，不是老鸟，而是小鸟了。

时间过得飞快，使我小心眼里不只是着急，还有悲伤。

有一天我放学回家，看到太阳快落山了，就下决心说："我要比太阳更快地回家。"我狂奔回去，站在庭院里喘气的时候，看到太阳还露着半边脸，我高兴地跳起来。那一天我跑赢了太阳。以后我常做这样的游戏，有时和太阳赛跑，有时和西北风比赛，有时一个暑假的作业，我十天就做完了。那时我三年级，常把哥哥五年级的作业拿来做。

后来的二十年里，我因此受益无穷。虽然我知道人永远跑不过时间，但是可以比原来快跑几步。那几步虽然很小很小，但作用却很大很大。

如果将来我有什么要教给我的孩子，我会告诉他：假若你一直和时间赛跑，你就可以成功。

选自人教版《语文》三年级（下）册

《与妻书》

爱我者知我为何而亡

“汝幸而遇我，

又何不幸而生今日中国！

吾幸而得汝，

又何不幸而生今日之中国！”

（一）

一天傍晚，加班回家的路上，我看到路边长椅上有一对相互依偎的老人。他们在夕阳下静静地坐着，微风拂过，吹起鬓边白发，他们就像流年里的两尊雕铸，如此深刻。就在那一瞬间，我想起一句话，爱意东升西落，浪漫至死不渝。

我不知道该给“爱”下怎样的一个定义，人们常说：“爱就像见鬼，人人都听说过，却好像从没见过。”

那到底什么是爱呢？

如果你问一位双鬓斑白的老人，那他可能会告诉你：爱是过马路或爬楼梯时，苍老却固执地扶着你的手；爱是每天都会出现的血压仪和随手可得的硝酸甘油；爱是床边每晚都准时响起的呼噜。

可如果你问问中年人，他可能会讲：爱是人间烟火，也是鸡零狗碎；爱是遥不可及的伊甸园，又像近在眼前的乌托邦；爱是毫无顾忌地展示自己不堪、阴暗的一面后，依旧有恃无恐。

那不妨再问问年轻人，他大概会觉得：爱是一起远眺落山的晚霞；爱是永恒，是婚姻；爱是小心翼翼触碰你的指尖，又是坚定地迈向你的脚步；爱是公主和王子幸福地生活在一起。

再试着问一个孩子，他会说：我最爱妈妈，别人胖了我就不和他一起玩，但妈妈就没关系，她所有的样子我都爱。

所以爱到底有多少种样子呢？没人说得清，太多人执着于结局了，似乎认为那才是裁定悲剧和喜剧的分水岭。人们又太过于迷信相守，而仓促地忽略了相爱，似乎终点才是定义人生的回车键。我们紧盯着结果，以此来判断所有的经历该被释然，抑或将其定义为救赎。

想到这里，没来由地，回忆起那篇“千古第一情书”——《与妻书》。

1911 年春天，本是春意盎然的好时节，残雪消融尽，万物色彩也开始斑斓，可林觉民，永远留在了那个春天。

林觉民之妻陈意映知道，有些事，总要有人去做，可陈意映不希望是他。不过她也知道，有些事，林觉民非做不可，既然嫁与林觉民，这便是姻缘中的一环，避不开的。念及此，她又忍不住打开觉民手书的家信，一方白色手帕，爱意在眼前徐徐展开。

《与妻书》出自黄花岗七十二烈士之一林觉民之手，写下此文三天后，林觉民与一百二十余志士，白巾绕臂，冲入两广总督府搏杀，遗憾的是，失败被俘。

年轻的他们根本不知道革命能否成功，却未有片刻犹豫，也绝不后退半步。林觉民赴死之时留下十二字："大清索我的命，我诛大清的心！"

他的确做到了，诛了大清的心。林觉民虽死，却拉着腐朽入骨的清廷一同陪葬。同年武昌起义爆发，清王朝摇摇欲坠。而后革命党人起事于汉阳、汉口，攻下武汉三镇，成立湖北军政府。

林觉民不负天下众生，唯独负了"意映卿卿"。林觉民和陈意映其实是包办婚姻。陈意映也算是大家闺秀，她是举人陈元凯之女，而林觉民也称得上名门之后，其父林孝恂是翰林学士，曾与康有为同科。

林孝恂膝下有三子，林觉民是幼子，被过继给叔父林孝颖，他的大哥林长民，留学日本早稻田大学，1925 年追随郭松龄反奉，战死。值得一提的是，林长民之女正是民国才女林徽因。

二哥林尹民，入同盟会，1911 年，阵亡于广州起义，与三弟林觉民同为“黄花岗七十二烈士”。

他们都是当之无愧的世家子弟，他们的精神如此高贵，从来胸怀的都是浩荡天下，芸芸众生，血脉里满是献身的勇气和觉悟。林孝颖对林觉民向来是喜忧参半。心系天下自然是男儿本色，可革命路途荆棘密布，自古以来，未有不流血而革命成功者。所以林孝颖出于一位父亲的自私，决意为林觉民讨上一门亲事，希望以此来牵绊儿子的冲天之志。

于是，陈意映就这么走进了林觉民的生活。未曾想，这包办的婚姻居然造就了一对神仙眷侣。那年他十八岁，她十五岁，都是风华正茂的年纪。更出人意料的是，二人居然志趣相投。林觉民曾不加掩饰地向朋友炫耀：“意映的性情与偏好，都与我相同。这真真是一个天真烂漫的女子，此生得之，我何其有幸！”

二人如胶似漆之时，林觉民曾因其革命思想引起清廷注意，不得不离家躲避，归来后陈意映对他说：“望今后有远行，必以告妾，妾愿随君行。”得妻如此，夫复何求？

本该是羡煞旁人的一对有情人，奈何生于乱世。我常以为，人们对于“爱”有无数种解读，每个定义自有其一番道理。可真正的爱，若是遇不上，也就遇不上了；如果遇上了，也难说得清是幸运，还是不幸。就如同林觉民与陈意映，你说爱是一生一世的相守？还是不负天下唯负卿的释怀？爱是常伴左右那张鲜活的脸！还是泛着岁月磨痕的一方白巾？没人知道，爱，没有正解。

林觉民死后，陈意映一度想随夫君而去。林觉民父母苦苦相劝，甚至林父下跪相求，加之腹中尚有觉民骨血，陈意映未再寻死，独身秉志抚孤。令人唏嘘的是，两年后，她终是魂劳梦断，郁郁而终，时年二十二岁。

没人知道那两年中，陈意映是何等思念亡夫，又是如何在煎熬中独活。她在每一个疏梅筛月影的月夜，在入门穿廊的每一次落脚中，心中总有个挥之不去的影子。不知她是否会想起觉民曾对自己说："与使吾先死也，毋宁汝先吾而死。"心中又是否有一丝责怪？

（二）

林觉民又何尝想不到陈意映这份痴怨，不过强作豁达罢了。他深知这腐朽的时代下，还会有千千万万的林觉民和陈意映，所以他义无反顾。义无反顾，讲起来不过四字而已，谁又能真切体会林觉民落笔时的勇气和无奈呢？

"又恐汝不察吾衷，谓吾忍舍汝而死，谓吾不知汝之不欲吾死也，故遂忍悲为汝言之"。林觉民也怕啊，他怕妻子不懂自己的飞蛾扑火，怕妻子不懂自己的不辞而别。电影《风声》结尾处有这样一段独白，我想，很符合林觉民的心境：“我不怕死，怕的是爱我者，不知我为何而死。我身在炼狱，留下这份记录，只希望家人和玉姐，能原谅我此刻的决定。但我坚信，你们终会明白我的心情。我亲爱的人，我对你们如此无情。只因民族已到存亡之际，我辈只能奋不顾身，挽救于万一。我的肉体即将陨灭，灵魂将与你们同在。”

其实，陈意映怎么会不懂呢？她只是难释怀罢了。永失所爱不是漫漫人生路上失去了某一个人，而是根本就没有了走下去的动力，有种无法消化的情绪时刻左右着你。如果有一天，那个人不再出现在你的梦里，你会因此而愧疚，你觉得那是对你们之间爱的亵渎。**当思念汹涌到极致，你将不再避讳死亡，甚至开始期盼，因为你知道，只有如此才能摆脱无尽的孤独。**

林觉民在《与妻书》的结尾处写道：“家中诸母皆通文，有不解处，望请其指教，当尽吾意为幸。”

陈意映是小有名气的才女，林觉民怎会不知？他是怕自己走后，妻子无人关照，想家中长辈为其寻个归宿啊。他在用尽最后的力气诉说自己对妻子的爱。

林觉民的一生热烈却短暂，他的青春承载了太多，家国情怀、儿女情长。可陈意映的青春里，就只有一个林觉民。每一双爱人，都曾许诺永远，可我们不得不承认，很多时候，所谓的永远，只是说出口那一刻的爱意深浓。陈意映让我知道，原来这世间，真的有人是无法失去另一个人的。

七尺之躯，已许国，再难许卿，民国时候的爱情似乎总摆不脱浓浓的宿命感，无奈与哀怨仿佛成为那个时代的主旋律。那一个个鲜活的生命，从不乏侠骨柔情，可惜故事的结尾却总凄美绝怨。也许动荡乱世，更容易做到一生只够爱一人吧。

落笔至此，意犹未尽，就想着不如以我曾写过的一封信作为结尾好了。

请释锦怀

见字如面，一切都会安好，勿念。

我这一生，过得肆意且悲凉，幸好曾经遇见过你。所以思来想去，斗胆提笔，书信一封，聊表爱意。

今晚的月色不凄凉，窗外还有秋虫低鸣，是个适合结束的好天气。

人生短短几十载，我自认用尽了余生的运气遇见你，但是这辈子运势有限，尚不足以支撑着拥有你，不过我想，大概世间万物皆尽如此吧。水满则溢，月盈则亏，执念太过，未必事事圆通。说到这里，心中又觉到些许遗憾了。

回想起相遇，脑海中只记得一双杀人诛心的眼睛，只一瞬，就扣住了我的命门。许是我从没真正爱上过一个人。茫茫人海，与你相遇，幸甚至哉。八万五千个汉字，无论如何排列组合，都不能写出我对你万分之一的爱意，不过幸好，目之所及的流云和暮色总能帮我带去一些思念。

我不擅饮酒，却总想和你小酌几杯。酒至半酣，醉眼蒙眬。就着酒，我有大把的时间慢慢对你讲，讲我不尽的思念，诉我无穷的爱意。酒喝光了，我们再续；故事讲完了，我们还有。春花秋月，夏雨冬霜，可以入酒，也可以入余生呀。可是你知道吗，四季年华，东岭西麓，根本不及你的眼角眉梢。

你还记得我曾写过这样一段话：这桂花醴至多饮至暮冬，早春时节便得喝那桃花酿了，过了寒食，兴许能赶上第一茬荷叶杯。此酒未免太过平淡，我甚是不喜。暑气退了，九秋的杜康最是回味悠长，只是价钱也要贵些。掐指细算，人这一生中，把酒言欢的时日实在无多，若无意中之人陪伴，岂不是无趣得很？

写到此处，也算差不多了，最后不免落入俗套，不过亦是诚心的话，祝你幸福安康。

书短意长，匆此布臆，幸勿见笑。

与妻书

文 / 林觉民

意映卿卿如晤：吾今以此书与汝永别矣！吾作此书时，尚是世中一人；汝看此书时，吾已成为阴间一鬼。吾作此书，泪珠和笔墨齐下，不能竟书而欲搁笔，又恐汝不察吾衷，谓吾忍舍汝而死，谓吾不知汝之不欲吾死也，故遂忍悲为汝言之。

吾至爱汝，即此爱汝一念，使吾勇于就死也。吾自遇汝以来，常愿天下有情人都成眷属；然遍地腥云，满街狼犬，称心快意，几家能彀？司马青衫，吾不能学太上之忘情也。语云：仁者"老吾老，以及人之老；幼吾幼，以及人之幼"。吾充吾爱汝之心，助天下人爱其所爱，所以敢先汝而死，不顾汝也。汝体吾此心，于啼泣之余，亦以天下人为念，当亦乐牺牲吾身与汝身之福利，为天下人谋永福也。汝其勿悲！

汝忆否？四五年前某夕，吾尝语曰："与使吾先死也，无宁汝先我而死。"汝初闻言而怒，后经吾婉解，虽不谓吾言为是，而亦无词相答。吾之意盖谓以汝之弱，必不能禁失吾之悲，吾先死，留苦与汝，吾心不忍，故宁请汝先死，吾担悲也。嗟夫！谁知吾卒先汝而死乎？

吾真真不能忘汝也！回忆后街之屋，入门穿廊，过前后厅，又三四折，有小厅，厅旁一室，为吾与汝双栖之所。初婚三四个月，适冬之望日前后，窗外疏梅筛月影，依稀掩映；吾与汝并肩携手，低低切切，何事不语？何情不诉？及今思之，空余泪痕。又回忆六七年前，吾之逃家复归也，汝泣告我："望今后有远行，必以告妾，妾愿随君行。"吾亦既许汝矣。前十余日回家，即欲乘便以此行之事语汝，及与汝相对，又不能启口，且以汝之有身也，更恐不胜悲，故惟日日呼酒买醉。嗟夫！当时余心之悲，盖不能以寸管形容之。

吾诚愿与汝相守以死，第以今日事势观之，天灾可以死，盗贼可以死，瓜分之日可以死，奸官污吏虐民可以死，吾辈处今日之中国，国中无地无时不可以死。到那时使吾眼睁睁看汝死，或使汝眼睁睁看吾死，吾能之乎？抑汝能之乎？即可不死，而离散不相见，徒使两地眼成穿而骨化石，试问古来几曾见破镜能重圆？则较死为苦也，将奈之何？今日吾与汝幸双健。天下人不当死而死与不愿离而离者，不可数计，钟情如我辈者，能忍之乎？此吾所以敢率性就死不顾汝也。吾今死无余憾，国事成不成自有同志者在。依新已五岁，转眼成人，汝其善抚之，使之肖我。汝腹中之物，吾疑其女也，女必像汝，吾心甚慰。

或又是男，则亦教其以父志为志，则吾死后尚有二意洞在也。幸甚，幸甚！吾家后日当甚贫，贫无所苦，清静过日而已。

吾今与汝无言矣。吾居九泉之下遥闻汝哭声，当哭相和也。吾平日不信有鬼，今则又望其真有。今是人又言心电感应有道，吾亦望其言是实，则吾之死，吾灵尚依依旁汝也，汝不必以无侣悲。

吾平生未尝以吾所志语汝，是吾不是处；然语之，又恐汝日日为吾担忧。吾牺牲百死而不辞，而使汝担忧，的的非吾所忍。吾爱汝至，所以为汝体者惟恐未尽。汝幸而偶我，又何不幸而生今日之中国！吾幸而得汝，又何不幸而生今日之中国！卒不忍独善其身。嗟夫！巾短情长，所未尽者，尚有万千，汝可以模拟得之。吾今不能见汝矣！汝不能舍吾，其时时于梦中得我乎？一恸。

辛未三月廿六夜四鼓，意洞手书。

家中诸母皆通文，有不解处，望请其指教，当尽吾意为幸。

选自人教版《语文》九年级（下）

《项脊轩志》

你我终会消散，
但庭前枇杷记得

“你见过同心锁吗？”

（一）

我曾在黄山一处山崖的角落里，看到一个让人遗憾的同心锁，上面是一对情侣的名字。名字并不特殊，锁也很普通，不同之处在于，这把锁显然经受了极大的破坏，锁身上满是斑驳的白点，大概经历了被石头狠狠地砸击，甚至还有锯子摩擦的痕迹。

我猜，很久前的某个时刻，男孩儿和女孩儿曾亲手将锁扣按下，他们相信自己得到了一份永恒不变的爱情，殊不知，人们口中的永远，多数只存在于出口那一瞬的爱意汹涌。

我甚至想象，分开后，其中一人也许辗转了许久，再度回到这里，在千万个同心锁中找到刻着两个人名字的那一把，歇斯底里想要折断，可这过往，又怎会那么容易磨灭？就像埋葬一段感情，眼泪却打湿了泥土。

看着伤痕累累的同心锁，我突然想起一句话："庭有枇杷树，吾妻死之年所手植也，今已亭亭如盖矣。"

初学的时候，我真的不懂，一棵慢慢长大的枇杷树，究竟承载着怎样的思念？那棵枇杷树，到底又代表了什么呢？

我的人生中曾有一个阶段，是没有任何征兆地陷入了低谷。我百思不解其原因，常常惯性般走神。深夜难以入眠之际，我会凝望夜空发上一会儿呆，那时，我深刻感受到了什么叫作孤独。白日的喧嚣还可以掩盖自己被世界抛弃这个真相，可当城市睡着了，思绪就如同妖魔鬼怪般活跃起来，很想有个人倾诉，可最终发现陪着我的只有夜空中的月亮。

然后，我就会重复性想起那句诗"江畔何人初见月，江月何年初照人"，我想那一轮明月一定见证了无数个我这样的人，也曾陪伴着无数个如我一般的人度过了一个个难熬的夜晚。那些人又有怎样的故事呢？

我不知道，在很多年以后，当那段刻骨铭心的情绪随风飘散后，我在某个百无聊赖的夜晚，抬头再看月亮时，那些往事会不会如电影般一帧帧浮现？那一轮明月又是否会记得？

当我三十多岁，从一个懵懂少年变成圆滑世故的中年男人，在某个夜晚，跟网络上的陌生人谈起时光和哲学，我才恍然想到，原来十八岁时，那个姑娘发来一串莫名其妙的数字，用手机九宫格拼出来的汉字是“我爱你”。

人生其实就是很多碎片拼凑起来的，年纪越大越是寡淡，总透着些乏善可陈的无力感。长大是个逐渐孤独的过程，曾经那些无限可能已经被自己亲手排除掉，回忆就变成很重要的东西，有时候，甚至是悬崖边的一棵稻草，揪着你的心，吊着一口气。

人生是一本太仓促的书，我们一页页翻过去，沉迷其中，合上书的一刻，谁也不曾察觉，其中某一页，早已被指尖捻出了褶皱。

半生六百字，一念烟云中。

一篇《项脊轩志》，花去了归有光两段人生。

此文前四段成文于嘉靖三年（1524），那年归有光十八岁，后两段续写于嘉靖十八年（1539），也就是他三十三岁那年。归有光用了十五年的时光，为这篇《项脊轩志》画下一个句号。

（二）

初读《项脊轩志》，还不懂鳞羽参差之美，只觉笔法多少有点寡淡了，欠些波澜老成。

到了归有光的年纪，再读，只觉得妙不可言，妙在何处呢？

就好像，落花人独立，微雨燕双飞。

这是万古不变的离愁，往事不再，故人难追，你眼睁睁地看着曾经的自己渐行渐远，只留下恍惚相识的疏离。

人们讲，“美人在骨不在皮”，项脊轩志颇有这意境。

少年时的我对此不以为意，几十载红尘茫然，见识了些繁华，再回望此句，不禁摇头苦笑，自嘲一句，当时只道是寻常。

《项脊轩志》整体格调是以素淡笔意写浓挚之情，觅食的鸟雀、斑驳的月影、摇曳的桂花，都能让他发上好一会儿呆，想必那时的归有光同这项脊轩一样，都是珊珊可爱的模样。

可归有光又说，然余居于此，多可喜，亦多可悲。

悲从何来呢？

源自生命中的一些人开始退场了，南北通透的院子被叔伯们分隔成各自的家，家人变成邻居。写到这里，我想起萧亚轩有首歌，虽然是情歌，但里面有句歌词很衬文中的意境——我们变成了世界上最熟悉的陌生人，今后各自曲折，各自悲哀……

叔伯家的曲折悲哀归有光是看不到了，他能看到的是“东犬西吠，客逾庖而宴，鸡栖于厅。”

东犬西吠。西院闹出点动静，东院的狗便开始狂吠。院子分开了，就不再是一家人了，你瞧，就连狗也拎得清人情冷暖，对不对？

鸡栖于厅。是因为大家很久没有聚在厅堂一起吃顿饭了，兄弟们有了各自的家庭和社会关系，再难像孩提时那样形影不离。

那时的归有光不一定理解人世变迁这四个字，只是隐约开始懂得，分别原来是难免的。繁华凋落，世事无常，回望之下，才显得异常悲凉吧。

时光里有些人，面容会逐渐模糊，却从不曾消失，陪着归有光长大的那些人，有他的祖母、乳母，还有八岁那年匆匆离去的母亲。

八岁的归有光大概难以记得母亲的模样吧，所以只能捡拾时光的碎片，拼凑出妈妈的爱意。

母亲早逝，祖母在一定程度上替代了母亲的位置，但更偏重于对他匡复门庭的希冀。

光耀门楣，多沉重的四个字，不过二十岁之前的归有光还真当得起祖母这份期盼。归有光九岁能属文，著《乞醯论》，弱冠尽通《五经》《三史》诸书，十八岁以童子试第一补为苏州府学生员，后以贡生选入南京太学。

这么看来，累世不第的归家似乎祖坟有望冒青烟了，但从结果看，这青烟冒得也不太高，一阵微风就吹了个无影无踪。嘉靖十九年（1540）举乡试，八上春官不第。也就是八次会试都铩羽而归，不得不说命禄微薄。

历史总不乏一些很有意思的巧合。写到这里，忍不住分享一个冷知识，归有光在人生最后几年中，在仕途上还是有所建树的。隆庆帝期间，他曾任县令，手下有一同僚，姓吴，名承恩，对，没错，就是写《西游记》的那个吴承恩。

隆庆三年（1569），归有光因受同僚排挤，被调至顺德府，也就是如今的河北邢台，任通判，专司马政，大概类似于专职养马人。吴承恩将这一切看在眼里，笔下的孙悟空在天庭的职位便是——弼马温，不知这两者有没有关系。

归有光认为有神灵护佑项脊轩，理由是这里曾遭四次火灾而不倒，我想，他的本意是感谢神灵吧，为他留下这么一处地方，世事变迁中，作为时光的印记。

瞻顾遗迹，如在昨日，令人长号不自禁。

写完上面这些，十八岁的归有光暂置笔墨，他自己也不知道会在三十三岁的某个夜晚，想起这篇束之高阁的文章。心头思绪万千，于是提笔挥洒，犹如指挥千军万马踏入敌阵，挥斥方遒间一吐心中苦闷。

（三）

懵懵懂懂地长大，归有光遇到了生命中的美好，那个抚慰他心中苦楚的女性——魏氏。

我一直认为归有光续写这篇文章时，嘴角定然是上扬的。让我们跟着他的回忆走进那段时光。

古人多是先婚后爱，魏氏是归有光母亲生前为其所选，这对他来说，自然有非同一般的意义，等同于母爱的延续。

其实很容易理解的。让我想起一位朋友，母亲去世了，起初他没什么特别的反应，麻木地料理后事，然后如往常一样上下班、吃饭、睡觉，好像没什么特别不一样的地方。秋去冬来，寒意愈浓，他打开衣柜找换季的衣服，赫然看见一件土里土气的毛衣摆在里面，那是母亲临终前在病床上为他手织的。那一刻，对母亲的思念才汹涌而来。

对他来说，这件毛衣就是这世间最珍贵的衣服。而魏氏，就是归有光的“那件毛衣”，是第一个闯进他生命中的女人。

二人成婚于嘉靖七年（1528），魏氏十六岁，归有光二十三岁。我写下这些字的时候，都忍不住心生喟叹，多美的年纪啊。

归氏的家道中落有目共睹，魏氏说不上名门望族，也算是正儿八经的殷实人家，不难想见，魏氏经历了怎样的落差，那魏氏又是如何反应呢？文中已经给出了答案。

吾妻归宁，述诸小妹语曰：“闻姊（姐）家有阁子，且何谓阁子也？”

回到娘家的魏氏没有抱怨清贫的生活，而是饶有兴致地给妹妹讲起与夫君在项脊轩度过的美好时光，妹妹则仰着脑袋，好奇地问姐姐：你总说你家有个小阁子，到底什么是小阁子呢？

魏氏一定是眉眼含着无尽的笑意：“那是你姐夫读书的地方，我也常去，那里有鸟雀，有明月，有桂影，是个好地方呢……”

其实，一间破旧的阁楼有什么好的呢？鸟雀、明月、桂影，与别处也没什么不同，不过因为那里有自己的夫君罢了，因为一个人，爱上一间阁子。

得妻如此，夫复何求！

归有光伏案读书，魏氏捧一盏清茶，浅笑嫣然着走进轩内。许是怕打扰了夫君，开始只静静地坐着，可她也还是年轻心性，坐久了，心中难免生出倦意，于是对着夫君朱唇轻启，东问一句，西问一句，答案她也没有用心琢磨，不过是想听听夫君的声音罢了。

说起来，这番情实在是欠些雅意了，既没有江南烟雨的缠绵悱恻，也不见春风初度的幽幽依恋。

可要我说，这番情实在是浪漫，其中自有一份百转千回的心意。

可惜，彩云易散琉璃碎，六年后，魏氏离世。**人世间的别离就是如此，告别不难，最怕魂牵梦萦**。

时光的残忍也在于此。有一些人，有一些事，总是要过去的，但又不会完全过去，总有点什么东西在不经意间打开记忆的闸门，让那份本不该再出现的情思决了堤。无论过去再多年，回头凝望，恍然看懂了那究竟是怎样一份美好，但你绝不可能再度拥有。

归有光又少了一个留下来的理由，于是开始了漂泊，阁子就落下了尘埃。

人们总说，红袖添香，可红袖不在了，香炉里添下的香，早已随往事化作灰。

某天，归有光再次回到这里，有份莫名的情愫憋在心间。懵懂的孩童时候、意气风发的少年儿郎、爱意正浓的青葱岁月，直到只剩如今的黯然凭吊。

世事如水难回转，但这可填山海的思念又如何抑制？

对了，还有那株亡妻手植的枇杷树。归有光觉得，妻子托魂树中，正笑意盈盈地看着自己呢。

阴阳两隔，再次相见，我该以怎么一副模样见你？

相逢无语君应笑，各自春风慰寂寥，这是魏氏最想见到的情景吧。

归有光忍住了眼泪，可他忍不住心中的思念，而这思念，全部化作了这句话。

“庭有枇杷树，吾妻死之年所手植也，今已亭亭如盖矣。”多令人动容啊，那是时间之外的思念，也是刻入灵魂的煎熬。

其实若单就文字技巧讲，乍看之下确实清淡素朴，难品出其中意境。不过文犹似人，红颜易老，刹那芳华，终免不了是一捧枯骨。

诚然，比起“玲珑骰子安红豆，入骨相思知不知”，比起“唱罢秋坟愁未歇，春丛认取双栖蝶”，这亭亭如盖的枇杷树简直平白得有些草率了，不过中国古代文人讲究个“文以载道，字以陈情”，这种言有尽而意无穷的余韵浑然天成，不见丝毫浮饰摹古。

嘉靖十八年（1539），夜色正浓，月光水银般笼着项脊轩。这世间总免不得朝欢暮散，余下的，不过是孤人执灯夜长伴。归有光孤独地伫立在暗中，带着点俗世浮沉下的怅然，带着点清冷凄楚的相思。

房子同人一样，都会变老的，倒是这枇杷树，郁郁葱葱的样子甚是讨喜。归有光轻触树身，仿佛轻抚爱人容颜，唇边微微泛起笑意。

“夫君又在犯痴了，夜深了，也不怕着凉。”熟悉的声音自归有光背后传来。

归有光愕然回首，只见魏氏款款走来，直至身前才停住脚步。

归有光凝视眼前人，不动也不出声，沉默了很久。他有太多话要说，却不知从何说起。

魏氏也不急，她似乎明白夫君有千言万语还未出口，所以只是静静等在那里，也好让夫君看个够。

归有光终于开口了：“你还好吗？”

扑哧一声，魏氏辗然而笑：“分别片刻而已，哪里有什么不好？”

归有光想拥魏氏入怀，却不敢，语气中也带了些委屈：“这么久了，怎么才来看我？你可知道？我过得并不好。”

魏氏怜爱地抚触归有光额头，笑意中掺杂了心疼：“我一直在呢，一直都在。”

归有光再无法压抑心中思念，重重将娘子揽入怀中，不敢有一丝懈怠。魏氏低头埋入夫君臂膀间，任归有光就这么搂着，很久很久，久到仿佛要超脱于时光之外。

风起，一片枇杷树叶悄然落下，洒落在魏氏发间，却径直穿过她，掉在地上。

树叶落地的轻响惊醒了归有光。睁开眼，再不见魏氏，唯有那株枇杷树，独立院中。

> 庭有枇杷树，吾妻死之年所手植也，今已亭亭如盖矣。

时间过得可真快啊，你原来已经离开我很久了，可为什么，我总觉得昨日还见到了你？

项脊轩志

文 / 归有光

项脊轩，旧南阁子也。室仅方丈，可容一人居。百年老屋，尘泥渗漉，雨泽下注；每移案，顾视无可置者。又北向，不能得日，日过午已昏。余稍为修葺，使不上漏。前辟四窗，垣墙周庭，以当南日，日影反照，室始洞然。又杂植兰桂竹木于庭，旧时栏楯，亦遂增胜。借书满架，偃仰啸歌，冥然兀坐，万籁有声；而庭阶寂寂，小鸟时来啄食，人至不去。三五之夜，明月半墙，桂影斑驳，风移影动，珊珊可爱。

然余居于此，多可喜，亦多可悲。先是庭中通南北为一。迨诸父异爨，内外多置小门墙，往往而是。东犬西吠，客逾庖而宴，鸡栖于厅。庭中始为篱，已为墙，凡再变矣。家有老妪，尝居于此。妪，先大母婢也，乳二世，先妣抚之甚厚。室西连于中闺，先妣尝一至。妪每谓余曰："某所，而母立于兹。"妪又曰："汝姊在吾怀，呱呱而泣；娘以指叩门扉曰：'儿寒乎？欲食乎？'吾从板外相为应答。"语未毕，余泣，妪亦泣。余自束发，读书轩中，一日，大母过余曰："吾儿，久不见若影，何竟日默默在此，大类女郎也？"比去，以手阖门，自语曰："吾家读书久不效，儿之成，则可待乎！"顷之，持一象笏至，曰："此吾祖太常公宣德间执此以朝，他日汝当用之！"瞻顾遗迹，如在昨日，令人长号不自禁。

轩东，故尝为厨，人往，从轩前过。余扃牖而居，久之，能以足音辨人。轩凡四遭火，得不焚，殆有神护者。

项脊生曰："蜀清守丹穴，利甲天下，其后秦皇帝筑女怀清台；刘玄德与曹操争天下，诸葛孔明起陇中。方二人之昧昧于一隅也，世何足以知之，余区区处败屋中，方扬眉、瞬目，谓有奇景。人知之者，其谓与坎井之蛙何异？"

余既为此志，后五年，吾妻来归，时至轩中，从余问古事，或凭几学书。吾妻归宁，述诸小妹语曰："闻姊家有阁子，且何谓阁子也？"其后六年，吾妻死，室坏不修。其后二年，余久卧病无聊，乃使人复葺南阁子，其制稍异于前。然自后余多在外，不常居。

庭有枇杷树，吾妻死之年所手植也，今已亭亭如盖矣。

选自人教版《语文》高二（上）

《刻舟求剑》

求的不过是自己的执念

“逝者如斯夫，不舍昼夜。
明知道时光一刻也不会停留，
可谁又不是守着一点可怜的回忆
不舍得忘记，
再妄图重温旧梦呢？”

（一）

大学毕业很久之后，一个大学时的舍友结婚，那是我很要好的朋友，于是特地请假去参加了他的婚礼。前一晚，我们喝了一点酒。微醺下，两个人走在行人稀疏的马路上，不知不觉回到了当初的大学。

看着本来熟悉，却日渐陌生的学校门口，我突然对他说：“你知道吗？这个门口，我牵着小 X 的手，不知道走过多少次。”

小 X 是我大学时的女朋友，后来，我们分开了。

舍友点点头：“已经过去很久了。”

“可我总觉得……再多等一会儿，好像还能见到她。”

舍友轻轻一笑：“你还记得小时候学过的那篇课文吗？刻舟求剑。”

“刻舟求剑？”

舍友说："其实她早就消失在你浑浑噩噩的人生中了，是你自己顽固，非要把记号刻在回忆里，很久都不释怀。其实你心里应该明白的吧，你再也找不到她了。所以，这不是刻舟求剑是什么？"

小时候，总以为古人好傻，长大了，就明白，那不是傻，是人生。

楚人有涉江者，其剑自舟中坠于水，遽契其舟曰："是吾剑之所从坠。"舟止，从其所契者入水求之。舟已行矣，而剑不行，求剑若此，不亦惑乎？

那节语文课，我在心里嘲笑了无数次课文中的主人公，剑明明是在江心掉进水里的，他却偏偏在岸边寻找，难道他不知道，船从未有一刻停止，而剑，早已经离他远去了啊。

我自以为读懂了刻舟求剑，其实是我根本不懂"失去"这两个字。

刻舟求剑到底讲了什么呢？课堂上的答案是：所有的事物都是不断变化的，人们不能依靠主观思维思考问题，文章讽刺了拘泥成法，不懂变通的人。

这个答案我记了很多年，因为简直是显而易见，我以为答案就是答案，永远不会改变，殊不知，这已经是刻舟求剑了。

逝者如斯夫，不舍昼夜。明知道时光一刻也不会停留，可谁又不是守着一点可怜的回忆不舍得忘记，再妄图重温旧梦呢？

某个人，某段感情，某些事情，告别了就是告别了，当然，他们会在你生命里刻下很深的印记，可能在很久以后的某一天，思念会如附骨之疽般令人煎熬，于是你一次一次地回到刻下印记的地方，寻觅人群中的她，即便每次都失败，也不敢承认，其实那个地方，已经不是原来的那个地方，而你们，也都不在原地了。

是啊，失去了的意思就是，被你弄丢的那一刻，就不再属于你了，即便你保留着你们的聊天记录，某本书里夹藏着你们的合影，你独自去你们常去的餐厅，手机里还有你为她拍下的视频。这一切，都是虚无缥缈的记号而已，别妄想以此来寻回些什么，江水一刻不停，船也未曾停歇，而你，却被自己困在一隅，迟迟不肯起身。

你是不是曾有过这样的念头，去他（她）所在的城市待上几天，什么也不做，就是漫无目的地走，也许你们会在街角相遇。

不知道你是否想过，这就是刻舟求剑啊。不过谁也不能否认，恰好是那年那月，胜却无数年年月月。

刻舟求剑愚蠢吗？也许有一点吧，可是又有谁真的在涉江而过后，彻底忘记丢掉的东西，若无其事地踏上岸呢？

过年的时候，回到老家，许久没见的妈妈准备了一大桌子菜。可我因为体重实在超标太多,所以下筷的频率明显少得多，我注意到妈妈好像时不时就盯着我看一会儿，欲言又止的样子，大概是自觉已经不懂长大的我了。又过了一会儿，妈妈起身去了厨房，我跟过去，发现她开始炸丸子。我这才想起，她是要做我小时候最爱的炸丸子。

也许这也是刻舟求剑的另外一种诠释吧。当我们慢慢长大，总会不自觉离父母越来越远，我们就是那条行驶的船，慢慢在时光这条河上渐行渐远。很多时候甚至父母已经不敢再多问你些什么，也不知道该做些什么，他们能想到的，也只是重复记忆中那曾经能让你快乐的事情了。

所以很多事情，是需要时间的打磨才能在某一刻醍醐灌顶的，那种理解尤其深入灵魂，**刻舟求剑不仅仅是一个成语，一个寓言，而是人们对失去的曾经的缅怀。**

（二）

我记得有一次陪着孩子看动画片，是我小时候最喜欢的《机器猫》。虽然不知为什么，人们更习惯于称呼这部动画片《哆

啦 A 梦》，但我就是固执地叫它《机器猫》

那一集讲的是四十五年后的大雄穿越回自己十一岁那年，中年大雄希望和小时候的自己交换身体。问及缘由，四十五年后的大雄说："很早以前读过的书还想再读一遍，想再体会一下精彩的童年，大概就是这样的心情吧。"

虽然少年大雄觉得自己的生活并没什么值得回味的，不过他想，体验一下大人的感觉也是个不错的选择，于是两人在机器猫的帮助下完成了灵魂的互换。就这样，中年大雄兴奋地穿越在大街小巷，在每一个留下回忆的地方驻足良久。虽然跟四十五年后的城市比起来，这里的景象简直有些破败，可他觉得故乡本就该是破败的模样，小时候的大雄根本不懂，为什么这些每天都会经过的地方，会有如此的魅力。其实仔细想想，是小时候的大雄不明白刻舟求剑的珍贵吧。

大雄见到小时候的老师，一遍遍鞠躬，一次次感谢。他见到总是欺负自己的小夫和胖虎，和他们一起打了棒球。大雄一如既往地没有运动细胞，所以比赛毫无悬念地输掉了，可是大雄依然笑得无比开心，这惹来了小夫和胖虎的一顿胖揍。鼻青脸肿的大雄紧紧攥着儿时玩伴的手，说："请继续保持这份活力吧，我很高兴，谢谢你们。"

大雄看着徐徐落下的夕阳，心中无限感慨，没人知道他是多么舍不得这短暂的一天。这时候他遇到了静香。他兴奋地对着静香碎碎念，说起两个人的婚礼、两个人的孩子，一旁的机器猫生怕暴露了，赶忙拽走了絮叨的大雄。

回到家的大雄依旧是被妈妈严厉训斥一番。大雄笑眯眯地看着年轻的妈妈，还看到了下班的爸爸。他奔跑着扑进爸爸怀里，他已经很久很久很久没能享受爸爸的怀抱了。

洗澡的时候，大雄主动帮爸爸搓背，搓着搓着，四十五后的大雄忽然意识到，原来爸爸曾经的腰背也是很笔直的。

吃饭的时候，大雄脸上的幸福简直要溢出来了，他已经不记得有多久没能一家人坐在一起吃饭了。大雄贪婪地回味着妈妈的厨艺。妈妈看着狼吞虎咽的儿子，说大雄最喜欢妈妈做的炸鸡了，四十五年后的大雄的眼泪再也止不住了，然后他说出了很多中年人都没机会亲口告诉妈妈的话：“妈妈做的饭是世界上最好吃的了。”

饭后，一家人围坐在一起。爸爸看着报纸，妈妈给大雄看相册，指着一张张照片说，这是爸爸妈妈的结婚照，这是大雄刚出生的样子，这是大雄三个月的样子……

夜深了，是该离开的时候了。大雄再看一眼年轻的爸爸妈妈，他知道，某种意义上，这就是永别了。最终他与小时候的自己换回各自的身体。这一集的最后，中年大雄对小时候的自己说：“你今后会遇到很多挫折，有时还会遭遇几乎无法翻身的痛苦，不过，每次你都能站起来，不管是多少次你都站起来了。不知不觉中，就拥有了能从困难中起身的那份坚强，那是一种比之前更强大的力量，然后你会变得更强大，生活也就越来越好啦。”

随着动画片的结束，我有个念头，我猜，四十五年后的大雄，他的爸爸、妈妈、老师、静香、胖虎、小夫，大概都已经离开这个世界了吧。

我已经想不起小时候是否看过这一集，长大后再看，幼稚的动画片让我鼻子酸酸的，心里生出许多的伤感，我好像懂了点什么，又好像失去了些什么。

网上有挺多类似于“如果遇到小时候的自己，你会对他说些什么”的问题，我很多次曾经尝试着回答，却都删掉了，因为真的不知道该对曾经的自己说些什么。我想，那是因为我知道，刻舟求剑终究只是个故事而已。

刻舟求剑

节选自《吕氏春秋·察今》

楚（周代国名，都城在今湖北江陵县北）人有涉江者，其剑自舟中坠于水，遽契（jù qì）其舟，曰："是吾剑之所从坠。"舟止，从其所契者入水求之。舟已行矣（yǐ），而剑不行，求剑若此，不亦惑乎！

选自人教版《语文》二年级（下）

《出师表》

屠龙少年，

并没有变成恶龙……

“以前不懂《出师表》的价值，

背也是死记硬背，

长大后才明白里面到底涵盖了

多少叮嘱与不舍。”

(一)

某天我在网上看到一个说法，成都到西安的每一列高铁和动车的二等座和无座票价都是 263 元，而蜀汉政权，恰是亡于 263 年。好奇之下，我打开软件查询，发现居然是真的。

不知道是否只是巧合，但我更愿意将其理解为中国式的浪漫。从成都到西安，不过一千余公里的路程，如今高铁区区三个多小时便可到达，诸葛丞相耗尽一生却终是没能走完这条路。

网上有个段子，说假设李世民魂穿越到刘禅身上，那必然是天下一统，国泰民安。当所有人兴高采烈之时，诸葛亮会对着刘禅说："你很好，真的很好，可我只想知道，我那不成器的阿斗，去了哪里？"

我一直认为《出师表》更像是一封家书，是诸葛亮在明知敌众我寡的情形下，倾国之余力奋起的一搏，明知不可为而为之。虽然吉凶未卜，祸福难定，诸葛亮依然耐着性子，絮絮叨叨地给刘禅留下一封书信。

大意是：阿斗，你爸的毕生夙愿还没做完他就离开了，现在这份家业摇摇欲坠的。不过别怕，你还有很多厉害的叔叔。他们和我一样，跟你爸都是过命的交情。你爸不在了，这份感情会倾注到你身上的。

现在你是掌门人了，盼着你能成为你爸那样的人。记住，无论谁说你不行，都别看扁了自己。还有就是你的小性子要收一收了，不要动不动就搞“小团体”“一言堂”。人心散了，队伍会不好带。不过话说回来，好人坏人又不会写在脸上，你要注意分辨，该奖的奖，该罚的时候也不要手软。

你郭叔、费叔、董叔、向叔这些人，绝对靠得住，你爸也是这么认为的。我不在的时候，有事就找他们，肯定安排妥当。总之呢，治大国如同烹小鲜，好厨子会用好食材，差劲的厨子就爱用那些不怎么样的食材。你爸还活着的时候，每次提起这个事我俩就痛心疾首，因为你爸前几任的厨子真是差点意思。

其实，我也不是什么了不起的人物，不过你爸觉得我行，我从没遇到过你爸那样的人，所以不想辜负他。那时候日子虽然苦了些，不过毕竟你爸他人还在啊，掐指一算，已经二十一年了啊。

你爸临走时候特意把我叫到床前，说，孩子不让人省心，万事拜托。

现在我要带兵出去一趟，给你爸报仇，给你蹚平道路。如果回不来，给你说的那些人记得用。你要当个好皇帝，这是你爸的希望，也是我的。这一去虽然输赢难料，不过很多事不得不做，所以你快在审批手续上签字。如果失败了，我亲自下去跟你爸解释，你也记得拿我在朝堂之上立威。

不说了，有点想你爸了……

蜀汉建兴五年（227），汉中，或许是一个冬夜，星河幽冷，月色寂寥，年逾半百的诸葛丞相独坐营帐内。灯烛摇曳，映着这位股肱之臣的沧桑。

此时距离汉昭烈帝刘备辞世已有四年，说长不长，说短也不短了。可白帝城中，先帝的遗言依然音犹在耳。

> 君才十倍曹丕，必能安国，终定大事。若嗣子可辅，辅之，如其不才，君可自取。

刘备临终时说的这段话，并非小说《三国演义》的杜撰，而是出自史书《三国志》的记载，意思也很简单：孔明，你若觉得刘禅还有辅佐的必要，就看在你我君臣十六载的情分上助他匡扶汉室，如果我儿愚钝，那……蜀汉这份家业你拿去便是了。

人之将死，其言也善。刘备颠沛流离、终其一生创立的蜀汉，是他临终时最难以割舍的遗憾。在他心中，无论蜀汉，还是子嗣刘禅，如果说这世上还有一个人能让刘皇叔放心交托于他，除了丞相诸葛亮，不做第二人想。所以刘备虽然已病入膏肓，却不能死，也不敢死，他要等一个人，等的不是臣子诸葛亮，而是自己的弟弟孔明。而此时，刘备也不再是蜀汉之主，只是个有后事要交代的老哥哥。

白帝城托孤绝非命不久矣的主君以帝王心术试探臣下，而是把儿子和大蜀的未来交托给过命的兄弟。

这个时候，刘备自知不久于人世，硬凭着一腔不甘与牵挂，等来了权臣诸葛亮，恳请他念在兄弟多年的情分上，别让这耗了自己一生的大蜀易了曹姓或孙姓，若真留不住，还不如姓了诸葛。

自己这一路走来，步履维艰，身上的千斤重担简直压得人透不过气，如今终于是背负不动了。刘备心有不甘，不过想来也夹杂着一些释然吧，总算能光明正大地停下来歇歇了，肩上的担子就只能交给眼前的老伙计了。

时间可真快啊，初见时诸葛亮尚在弱冠之年，如今已苍老如斯了。不觉间，两人携手磕磕绊绊已经走了这么远，可剩下的路，就得劳烦老伙计独行了。

接过了这份沁透着不甘的信任，诸葛亮才体会到，原来竟沉重如斯。可以说，若非抱着必死的决心，谁又敢应下这份遗嘱？

是时，吕蒙以白衣渡江取荆州，陆逊火烧连营七百里。夷陵之战惨败，蜀国精锐覆灭，上庸、房陵、西城三郡尽失，“五虎上将”丧其四，“隆中对”已成泡影，外有吴、魏狼视鹰顾，内有益州世家虎视眈眈。主少国疑，蜀汉政权摇摇欲坠。

四十三岁的诸葛亮面对着行将就木的刘备，跪拜再三，泣下如雨，他猜这许是最后一次对皇上行君臣之礼，声音颤抖着：“臣……当以死相随！”

我问你，这生死存亡之际，无论大蜀存与不存、汉室兴与不兴，单这句“以死相随”，当不当得起“千古一相”四个字？

诸葛亮泣拜于地：“臣敢竭股肱之力，尽忠贞之节，继之以死。”

史书上寥寥几笔，如今读起来不消片刻，可其中的波澜壮阔、悲欢离合，又岂是能说得尽的？

（二）

让思绪拉回到蜀汉建兴五年的那个冬夜，那个诸葛亮下定决心北伐的冬夜。没人明白他为何如此坚持讨魏，后世之人对此也有无数解读，可于他而言，不过是在履行对老哥哥的诺言罢了。

刘禅想必也不明其中的缘由，他也不知道能不能打得赢，可既然相父要伐，必定有其道理，那就伐。刘禅是有自知的，他虽不昏庸，可大概也明白自己没有帝王心术，但是他却给了丞相自己作为皇帝唯一能给的，也是最珍贵的一样东西——信任，毫无保留的信任。

但诸葛亮没有愧对这父子两代人的信任，诸葛亮之子诸葛瞻，那个迎娶了蜀汉公主的十七岁骑都尉也是如此。三十年后，在景耀六年（263年）的冬天，为了维护蜀汉最后的尊严，在满朝主降派的冷眼旁观中，他亲率老弱残兵迎战邓艾，直至战死绵竹。想必那时的他定是很欣慰的吧：虽然我的才干不及家父万分之一，可我诸葛家，总算没辜负刘家……

诸葛瞻之子诸葛尚，听闻父亲战死，深知大势已去，不退半步，仰天长叹后，策马冲入敌阵，死于魏军阵中，时年十九岁。

一氏三杰，满门忠烈。

不仅仅诸葛家，诸葛亮一手举荐的郭攸之、费祎、董允、向宠，俱是肝脑涂地，没有半点不臣之心。别说那个乱世，纵观历史，又有哪个朝代能有这再难企及的传承？

这群英雄，真的是把男人间的浪漫演绎到了极致。

对，浪漫，似乎很难把这两个字与《出师表》联系在一起，但，现在就让我们感受一下千年前的浪漫。

先帝创业未半而中道崩殂。

《出师表》开篇这句话，应该印在很多人记忆中吧。写给蜀汉怀帝刘禅的奏章，却以汉昭烈帝刘备开篇。

其德昭昭，其志烈烈，汉昭烈帝刘备，这位西汉中山靖王刘胜之后，对得起这“昭”“烈”二字。他在世六十三年，一次次向命运发起冲锋，一次次丢盔弃甲溃败而逃，一次次又挣扎着起身反攻，也许曾有过放弃的念头，可我们都知道，他从未那么做。

小时候看《三国演义》，一心只盼着刘备赢，原因也简单：他是皇室宗亲，并且忠厚仁爱，在那个只会把人物脸谱化的年纪，我们想当然认为刘备该坐拥天下的。

后来长大了，生命中少了许多庇护，命运开始跟你开几个不大不小的玩笑，作为一世坎坷的热身。这时再回看，觉得刘备似乎过于“窝囊”了些，手中握着顶级的军师和武将，除了逃和哭这两件事情做得极好，好像从没什么建树。

反倒是不由得开始欣赏曹操，这个从未被世俗束缚过的男人，忽然觉得“曹贼”的阴辣和卑鄙，跟这个命如蝼蚁，人如草芥的世界真是再般配不过。

正所谓，卑鄙是卑鄙者的通行证，高尚是高尚者的墓志铭。通行证的代价是卑鄙，而高尚，还是留在墓碑上以备后人稽考吧。而其中的变化，多少也带着一点对命运的赌气。

再后来，人到中年，匆忙岁月里奔波许久，体会了现实的艰难，终于收敛了少年意气，多了份无奈下的通透，又开始佩服起刘皇叔来。大概是生出了同病相怜之感，也深深明白了他的不易。

在那个出身远远重于能力的年代，织席贩履之徒刘备，和他的对手比起来，实在是寒酸太多了，论出身，没有爵至费亭侯的养祖父，也没有父兄打下的江东基业；论乱世雄才，没有“宁教我负天下，休叫天下人负我”那股狠劲儿，也没有“生子当如孙仲谋”的天赋，愣是背负着最无用的仁义包袱三分了天下。

幸运的是，屠龙少年，终是没有变成恶龙，但这中间的艰难呢？该是多难以想象？

可是无论经历多少逆境，甚至绝境，刘备还是能说出“汉贼不两立，我刘备只要一息尚存，就誓与曹操为敌”这样的话。

不忘初心，说起来简单，究竟有多难，其中辛酸只有皇叔自己知道了。

不过，这份辛酸丞相是看在眼里的。诸葛亮对刘备的感情应该是很复杂的，掺杂着“**君以国士待我，我必国士报之**”的君臣之情，又有“食则同桌、寝则同床”的兄弟之情，若非如此，谁又愿意宁可压断脊梁，也要去扶一把那终是扶不起来的阿斗呢？

> 今天下三分，益州疲弊，此诚危急存亡之秋也。然侍卫之臣不懈于内，忠志之士忘身于外者，盖追先帝之殊遇，欲报之于陛下也。诚宜开张圣听，以光先帝遗德，恢弘志士之气，不宜妄自菲薄，引喻失义，以塞忠谏之路也。

刘禅再不济，也是一国之主，形势危急他能不知道吗？其实这本不必相父多言，但为人父母者，絮叨已成本能，所以丞相真是恨不得像对自己亲儿子那样耳提面命一番才好。实际上，诸葛亮字面的意思也是表明北伐的必要，如果继续偏安一隅，灭国是迟早的事情。但毕竟要挥师北上，不能一味灭自己威风，所以丞相话锋一转，说道，朝堂内外还是有忠贞之士在陛下看不到的地方为了社稷舍生忘死的。

接下来的操作是有点让人费解的，诸葛亮认为这些人之所以扶大厦之将倾，是因为感怀先帝的恩情。

看到这里，终于品出些不对劲的味道了，分明是没把刘禅放在眼里。一般臣子绝不敢如此开篇，可这是丞相啊。那个被刘禅称作“相父”的诸葛亮，他不必小心翼翼地逢迎，只满心期盼着刘禅能成为他父亲那样的男人，那个能让天下英雄甘心围绕身边的男人。

其实诸葛亮自己也明白这是不可能的吧，可就是想再试试，他已把自己从相父代入到生父的角色中了。

（三）

> 宫中府中，俱为一体，陟罚臧否，不宜异同。若有作奸犯科及为忠善者，宜付有司论其刑赏，以昭陛下平明之理，不宜偏私，使内外异法也。

诸葛亮虽为丞相，却是深谙帝王之术的，可他怕刘禅不懂，所以只能一遍遍说，一遍遍演示，简直恨不得手把手教他怎么做皇帝，就像教自己孩子说话、走路那样，盼着他能早日独当一面。

他也深知，如果自己坐上刘禅的位子，一定能做得更好，但他从未有丝毫僭越的心思，因为那是先帝的儿子啊，那个对自己有三顾茅庐之恩，白帝托孤之诚的刘备的儿子。

诸葛亮不是帝王，却在替先帝教授刘禅帝王之术，其实想想，这《出师表》，不过是另一个版本的《隆中对》，只是听的那个人，已经不在了。

侍中、侍郎郭攸之、费祎、董允等，此皆良实，志虑忠纯，是以先帝简拔以遗陛下。愚以为宫中之事，事无大小，悉以咨之，然后施行，必能裨补阙漏，有所广益。

将军向宠，性行淑均，晓畅军事，试用于昔日，先帝称之曰能，是以众议举宠为督。愚以为营中之事，悉以咨之，必能使行阵和睦，优劣得所。

亲贤臣，远小人，此先汉所以兴隆也；亲小人，远贤臣，此后汉所以倾颓也。先帝在时，每与臣论此事，未尝不叹息痛恨于桓、灵也。侍中、尚书、长史、参军，此悉贞良死节之臣，愿陛下亲之信之，则汉室之隆，可计日而待也。

不得不承认，刘禅资质平庸，若是太平盛世，好歹能落个仁君的评价，可生于乱世，庸君便是昏君。

男人之间的感情微妙而深沉。对于蜀汉，刘禅不是个好皇帝，可对于相父，刘禅是个听话的好孩子，虽然愚钝，却逐字逐句地依着《出师表》努力去做了。

诸葛亮举荐的人，刘禅不落一人地重用了：

郭攸之，224 年任黄门侍郎，后提拔为侍郎。

费祎，诸葛亮死后，任后军师、后任尚书令，再升任大将军，并录尚书事。

董允，历任太子洗马、黄门侍郎、辅国将军，又拜尚书令。

向宠，都亭侯，后为中部督，典宿卫兵，迁中领军。

陈震（尚书），拜尚书令，封城阳亭侯。

张裔（长史），封辅汉将军，兼长史。

蒋琬（参军），与诸葛亮、费祎、董允并称蜀汉四相，拜尚书令。

我想刘禅捧着《出师表》，读到这里的时候，心中多少是有些惶恐的吧。他惶恐的不是诸葛亮替他安排好了领导班子，而是读出了交办后事的味道。

云长叔叔天下无双，士元叔叔足智多谋，翼德叔叔勇冠三军，子龙叔叔一身是胆，这些他曾经以为无所不能的大英雄，一个个都已经离他而去了啊。他是真的怕了。如今相父要继续去做和他们一样的事情了，如果也一去不返，这偌大的蜀国，真就只剩孤零零的自己了。如果刘禅能选择，他宁愿不要这天下。汉室能不能中兴也无所谓了，爸爸已经回不来了，那就留下相父陪着自己也很好。

那感觉，就像拽着要离家去奋斗的父母。

以刘禅的心思，很多事他是想不通的，譬如北伐，他定然是满腹的不情愿。时天下十三州，蜀国只分其一，魏占九州，依着阿斗的秉性，能偏安一隅已经幸甚至哉了，又何必去触曹魏的霉头呢?

可相父要北伐，一定有他的原因，刘禅不多过问，问了想必也难听懂，但他明白这是相父毕生的追求，那放手一搏就是，哪怕以我蜀汉这份家业为赌注。

> 臣本布衣，躬耕于南阳，苟全性命于乱世，不求闻达于诸侯。先帝不以臣卑鄙，猥自枉屈，三顾臣于草庐之中，咨臣以当世之事，由是感激，遂许先帝以驱驰。后值倾覆，受任于败军之际，奉命于危难之间，尔来二十有一年矣。

落笔至此，回望一生，昔人往事一一浮现。思绪再回到二十一年前那个初春的午后，三顾茅庐那一年，诸葛亮二十七岁，他还不知道自己已然走过半生。三顾茅庐那一天，大概是诸葛亮最后一次梦见慵懒的夕阳吧。这之后，他足足耗尽了余下二十七年人生，只为报这三顾茅庐之情。

（四）

这就是《出师表》的浪漫，这就是蜀汉的浪漫。

三顾茅庐，白帝托孤，是刘备对诸葛亮的浪漫。

蹉跎半生，暮年不消凌云志，是诸葛亮对刘备的浪漫。

延国祚二十九年，是刘禅对诸葛亮的浪漫。

挽狂澜于既倒，扶大厦之将倾是诸葛亮对刘禅的浪漫。

可惜啊，死去元知万事空，但悲不见九州同，诸葛亮毕生都在赶赴一个不可触及的目标。他从未歇息片刻，甚至不敢喘息太久，从隆中卧龙岗到五丈原，足足走了二十七年，直至踏进了生命的尽头。

奈何悠悠苍天，薄于丞相，先帝撒手白帝城，满朝文武惧于邓艾三千疲兵，阿斗乐于洛阳而不思蜀……

等闲变却故人心，时过境迁，唯有诸葛亮一人被困在刘备等他醒来的那个午后。

先帝知臣谨慎，故临崩寄臣以大事也。受命以来，

> 夙夜忧叹，恐托付不效，以伤先帝之明；故五月渡泸，深入不毛。今南方已定，兵甲已足，当奖率三军，北定中原，庶竭驽钝，攘除奸凶，兴复汉室，还于旧都。此臣所以报先帝而忠陛下之职分也。至于斟酌损益，进尽忠言，则攸之、祎、允之任也。

读到此处，遗命的意味又浓了几分。彼时的刘禅一定冒出了些不可名状的失落，似曾相识的感觉涌上心头，可这感觉，又从何而来呢？

是了，那是父亲刘备临终时的无奈与绝望。

“人五十不称夭，年已六十有余，何所复恨？不复自伤，但以卿兄弟为念……”

五十岁已经不算夭折啦，我都六十岁了，也没什么好遗憾了，可就是不放心你们兄弟啊……

刘备的这些遗言出自他留给儿子的遗诏，其中还有一句流传至今的警句——勿以恶小而为之，勿以善小而不为。其实刘禅真的是个好孩子，却偏偏生在了帝王之家，如果不是生逢乱世，落个仁君的评价是不过分的。

父亲要他做的，他都做了。刘禅在位四十一年，大赦十三次，只处死过刘琰和李邈两位大臣，一次是为自己，而另一次，是为了相父。兴复汉室，还于旧都。刘禅一定恨极了这八个字，区区八个字，带走了他身边太多人，甚至牵绊了他的一生。

父母总是不自觉地把自己的梦想强加于孩子，从古至今，不外乎如此。可这份梦想实在沉重了些，刘禅自觉背不动，可他愣愣地硬着头皮接过了这担子，步履蹒跚着走了很远。

遗憾的是，这段路他没能走完，他也没那个能力走完。公元 264 年，魏都洛阳，已经是“安乐公”的刘禅，耳边响起久违的蜀乐，声音听起来已经那么遥远，司马昭笑问：“颇思蜀否？”

思蜀否？刘禅听闻，愣了一下。蓦地，他恍然，时间过得可真快啊，父亲离开已经四十一年了，相父也走了三十年了，云长叔叔和翼德叔叔大概也已是一捧黄土了吧。

蜀国有什么呢？刘禅思量着，过往场景走马灯似的浮现。晓看红湿的时候其实是很美的，蜀地多雨寡照，总是阴霾霾的，破晓的时候天空往往是淡青色的，嵌着几点残星，水汽氤氲里，那些叫不出名字的花显得特别好看。

可是，陪着他看花的那些人，都已经不在了啊。

少顷，蜀乐停，司马昭使劲眨眨眼，刚刚极短促的一刹那，他好像在刘禅身上看到了刘备的影子。可转瞬即逝去了，他觉得自己一定是看错了。

“此间乐，不思蜀也。”刘禅说，脸上看不出悲喜，好像又有点狼狈。

我永远记得《出师表》最后一段，那是我们学生时代感叹的“终于结束”，是诸葛亮写不完的句句叮嘱，是刘禅希望永远不会看到的句号。

愿陛下托臣以讨贼兴复之效；不效，则治臣之罪，以告先帝之灵。若无兴德之言，则责攸之、祎、允等之慢，以彰其咎。陛下亦宜自谋，以咨诹善道，察纳雅言，深追先帝遗诏。臣不胜受恩感激。今当远离，临表涕零，不知所言。

言有尽而意无穷，话是说不尽的，离别却不等人。事情已经交代得差不多了，该做的事情总要去做，该走的人也免不了那一手挥别。

烛影下，垂垂老矣的丞相黯然泪下，不觉间湿了衣襟，说不出的凄惶，该落笔了。写至此足矣，若讨贼有成，则以之告慰先帝英魂，若殒命于此，九泉下再见先帝，也好禀报一声，亮虽不才，已竭力矣。

我相信，临表涕零，不知所言，这八个字，绝非谦辞。那辛酸的半生，又岂是短短一篇《出师表》能写尽的？

《出师表》全文七百三十八字，比起丞相写给儿子诸葛瞻那八十六字的《诫子书》要长了太多。读书时候只觉得《出师表》连篇累牍，极难背诵，可刘禅恨只恨《出师表》太短，这篇七百三十八字的奏章，在诸葛亮死后，陪着刘禅走过了二十九年风雨飘零的时光。直到《出师表》上的人，如丞相般一个个离他而去，蜀汉后主刘禅就又变成了那个阿斗。

西晋泰始七年（271），刘禅病逝于洛阳，至此，蜀汉的最后一丝影子也消逝于历史长河中。

其实说起三国，谁才是其中的主角呢？一心兴复汉室的汉昭烈帝刘备？挟天子以令诸侯的枭雄曹操？雄霸江东的孙权？英年早逝的江东小霸王孙策？死战护主的典韦？三族尽灭而大仇不得报的马超？

他们都是，却又不是。在那个天下割据纷争逐鹿的年代，每个人自有其心中道义，他们都有着各自的意难平，留给后人无尽的辛酸和悲凉。

譬如姜维，这个甚至都未曾面见过刘备的陇西武将，根本谈不上"追先帝之殊遇"。彼时刘备病逝白帝城，诸葛亮星陨五丈原，汉献帝禅帝位于曹丕，诸葛瞻战死绵竹，满朝文武一片哀号，刘禅开城降于魏将邓艾，至此，蜀汉已然骨化形销，可他为报诸葛亮知遇之恩，投递书信给刘禅，上书："望陛下忍数日之辱，维将使社稷危而复安，日月幽而复明。”

这份肝胆，岂是“令人动容”几字能说得清其中悲壮？

再譬如吕蒙，以白衣渡江夺荆州，逼死关羽，背负了千年骂名，想来“江东鼠辈”四字少不得他的功劳。可谁又想过，他明知必定受冷嘲热讽，硬要夺回荆州，也不过是为了报孙权的知遇之恩而已。

世事沧桑，时过境迁后，都不过是过眼烟云罢了，眼看他起朱楼，眼看他宴宾客，眼看他楼塌了，你我于闲庭坐观成败，冷眼旁瞧，看着他们一生的悲喜化作书中几字、戏中几折，然后随风而逝。

其实你我，又何尝不是那不自知的戏中人呢？

滚滚长江东逝水，浪花淘尽英雄。是非成败转头空。青山依旧在，几度夕阳红。

白发渔樵江渚上，惯看秋月春风。一壶浊酒喜相逢。古今多少事，都付笑谈中。

出师表

文 / 诸葛亮

先帝创业未半而中道崩殂，今天下三分，益州疲弊，此诚危急存亡之秋也。然侍卫之臣不懈于内，忠志之士忘身于外者，盖追先帝之殊遇，欲报之于陛下也。诚宜开张圣听，以光先帝遗德，恢弘志士之气，不宜妄自菲薄，引喻失义，以塞忠谏之路也。

宫中府中，俱为一体，陟罚臧否，不宜异同。若有作奸犯科及为忠善者，宜付有司论其刑赏，以昭陛下平明之理，不宜偏私，使内外异法也。

侍中、侍郎郭攸之、费祎、董允等，此皆良实，志虑忠纯，是以先帝简拔以遗陛下。愚以为宫中之事，事无大小，悉以咨之，然后施行，必能裨补阙漏，有所广益。

将军向宠，性行淑均，晓畅军事，试用于昔日，先帝称之曰能，是以众议举宠为督。愚以为营中之事，悉以咨之，必能使行阵和睦，优劣得所。

亲贤臣，远小人，此先汉所以兴隆也；亲小人，远贤臣，此后汉所以倾颓也。先帝在时，每与臣论此事，未尝不叹息痛恨于桓、灵也。侍中、尚书、长史、参军，此悉贞良死节之臣，愿陛下亲之信之，则汉室之隆，可计日而待也。

臣本布衣，躬耕于南阳，苟全性命于乱世，不求闻达于诸侯。先帝不以臣卑鄙，猥自枉屈，三顾臣于草庐之中，咨臣以当世之事，由是感激，遂许先帝以驱驰。后值倾覆，受任于败军之际，奉命于危难之间，尔来二十有一年矣。

先帝知臣谨慎，故临崩寄臣以大事也。受命以来，夙夜忧叹，恐托付不效，以伤先帝之明，故五月渡泸，深入不毛。今南方已定，兵甲已足，当奖率三军，北定中原，庶竭驽钝，攘除奸凶，兴复汉室，还于旧都”。此臣所以报先帝而忠陛下之职分也。至于斟酌损益，进尽忠言，则攸之、祎、允之任也。

愿陛下托臣以讨贼兴复之效；不效，则治臣之罪，以告先帝之灵。若无兴德之言，则责攸之、祎、允等之慢，以彰其咎。陛下亦宜自谋，以咨诹善道，察纳雅言，深追先帝遗诏。臣不胜受恩感激。今当远离，临表涕零，不知所言。

选自人教版《语文》九年级（下）